KB067484

# 낭만 가街객

# 낭만가街객

펴낸날 초판 1쇄 2020년 2월 25일

지은이 김태겸
펴낸이 서용순
펴낸곳 이지출판

출판등록 1997년 9월 10일 제300-2005-156호
주소 03131 서울시 종로구 율곡로6길 36 월드오피스텔 903호
대표전화 02-743-7661 팩스 02-743-7621
이메일 easy7661@naver.com
디자인 박성현
인쇄 (주)꽃피는청춘



값 13,000원

ISBN 979-11-5555-130-1 03810

이 도서의 국립중앙도서관 출판시도서목록(CIP)은 e-CIP홈페이지
(http://www.nl.go.kr/ecip)와 국가자료 공동목록시스템
(http://www.nl.go.kr/kolisnet)에서 이용하실 수 있습니다.(CIP제어번호: CIP2020006127)

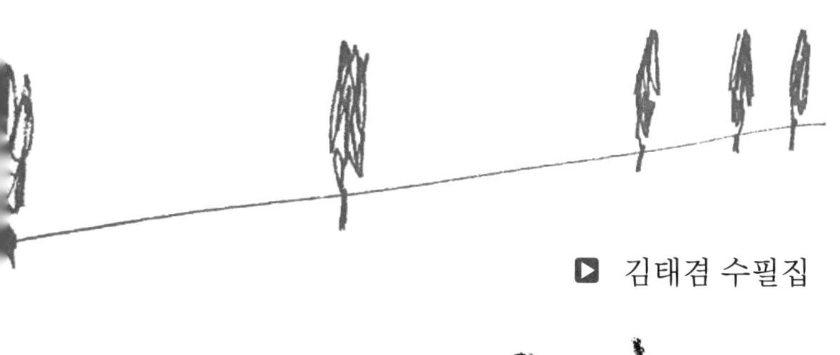

김태겸 수필집

# 낭만 가街객

이지출판

## 책을 내며

수필에 입문한 지 8년이 되었다. 사람 사는 냄새가 나는 수필집 한 권을 내고 싶어 취미로 시작하였는데 어느새 본업이 되고 말았다. 수필 쓰기는 후반기 인생을 맞은 내게 예기치 못한 즐거움을 선사하고 있다. 등산길에 못 보았던 아름다운 꽃을 하산길에서 찾은 느낌이라고나 할까.

이번에 첫 수필집을 펴내게 된 데에는 주변 사람들 격려가 큰 힘이 되었다. 자작 수필을 낭송할 때 청중들이 보여 준 환호, 수필 합평 때 문우들이 보내 준 성원, 수필집 언제 나오느냐고 끊임없이 묻는 지인들의 관심. 이제 수필집을 내지 않으면 안 되겠다는 절박감이 들게 만들었다.

원인과 조건이 만나야 결과가 나타난다고 하던가? 글솜씨가 부족했던 나를 수필가로 이끌어 주신 두 분 선생님께 한량없는 감사의 마음을 보낸다. 첫 수필집의 서평을 써 주신 신길우 교수님과 표지 그림을 그려 주신 손광성 선생님. 두 분의 헌신적 지도, 때로는 서릿발 같은 질책이 아니었으면 이 수필집은 햇빛을 보지 못했을지도 모른다. 신 교수님이 뿌리와 줄기를 형성하는 데 도움을 주셨다면, 손 선생님은 풍성한 잎을 돋게 하고 열매를 맺게 해 주셨다.

사람 사는 냄새가 나는 수필을 쓰려고 하다 보니 육십여 년 살아오면서 내 주변에 머물러 있거나 스쳐간 사람들에게서 영감을 받을 수밖에 없었다. 내 수필에 등장하는 가족, 친척, 친구, 지인, 동료, 선 · 후배, 그리고 우연히 마주쳤던 사람들. 그들 모두에게 이 수필집을 바친다.

티베트 명상을 배우면서 늘 읊조리는 기도문을 덧붙이고 싶다.

"모든 사람들이 행복과 행복의 원인을 갖게 되기를. 모든 사람들이 고통과 고통의 원인에서 벗어나기를."

2020년 이른봄

김 태 겸

차례

## 제2부 추락하는 것은 날개가 있다

## 제3부 모과 향기

## 제4부 낭만가객

## 제5부 카르페 디엠

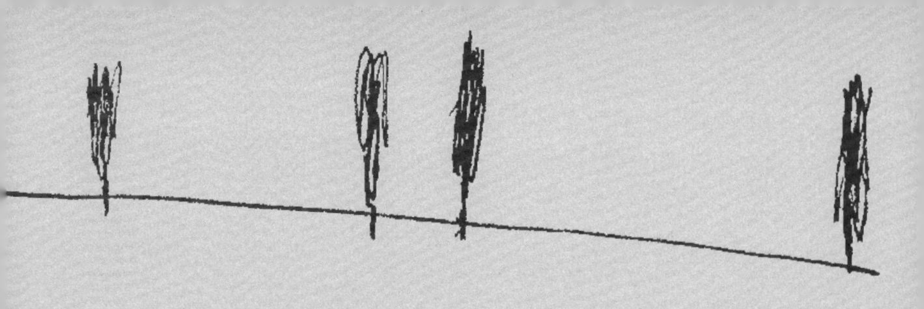

제1부

# 순환버스

순환버스

아버지의 노성怒聲

헝겊 필통

가족사진

명품 선물

여자가 남자를 움직인다

삶은 그렇게 순환하리라

하나뿐인 복덩이

닮아 간다는 것

# 순환버스

안개 같은 눈이 온 대기를 채우고 있었다. 바람에 흩날린 눈송이가 뺨을 스치며 코트 깃 속으로 파고들었다. 나는 차가움에 놀라 목을 움츠렸다. 길가 전파상에서 흥겨운 크리스마스 캐럴이 들려왔다. 그러나 내 기분은 점점 더 가라앉고 있었다.

바로 그때, 세 번째 버스가 정류장에 멈춰섰다. 하얀 눈에 덮인 버스는 영구차처럼 보였다. 버스에 오르자 눅눅한 공기가 몸으로 스며들기 시작했다. 다리에서 등으로, 등에서 머리까지 올라와 물방울이 되어 맺혔다. 머릿속이 온통 눈물로 채워진 느낌이었다.

나는 조금 전 아버지와 심하게 다투고 집을 뛰쳐나왔다. 고3이 되는 내게 아버지의 간섭은 인내의 한계를 벗어난 것이었다. 아버지는 자신의 좌절된 꿈을 나를 통해 이루고 싶어 했다. 눈물로 막아서는 어머니의 손을 뿌리치고 대문을 나섰다.

마땅히 갈 데가 없었다. 오늘은 발길이 머무는 곳에서 외박을 할 작정이었다. 주머니 속에는 그동안 모아 놓은 돈이 들어 있었다.

나는 3이란 숫자를 좋아했다. 정립鼎立이란 단어의 뜻을 알고 난 이후 3은 내게 자립이자 완성을 의미했다. 나는 내 운을 3에 걸어 보기로 하고 정류장에 도착하는 즉시 세 번째 버스를 타고 종점까지 가기로 결심했다.

버스 안은 한산했다. 뒤쪽 좌석에 깊숙이 파고들어 웅크리고 앉았다. 거리에는 서서히 어둠이 드리우고 있었다. 상가의 네온사인 불빛이 차창의 물기에 어려 꿈속 세상처럼 보였다. 눈은 세찬 바람을 타고 내리퍼부었다. 사람들은 눈을 피해 이리저리 뛰어가고 있었다. 갈 곳이 있는 그들이 부러웠다. 세상에 나 혼자만 버려진 기분이었다.

피로가 몰려와 차창에 머리를 기대고 눈을 감았다. 덜컹거리는 버스의 진동 리듬에 몸을 맡겼다. 의식하지 못하는 사이에 깊은 잠에 빠져들었다.

얼마나 오랜 시간이 흘렀을까?

"끼익!"

급정거하는 소리에 놀라 잠에서 깨어났다. 버스가 어느 정류장에 멈춘 것 같았다.

'이제 곧 종점에 도착하겠지?'

가만히 눈을 떴다. 눈은 진눈깨비로 바뀌어 있었다. 가로등 하나 없는 캄캄한 정류장에 한 여인이 서 있었다. 우산을 쓰고 누군가를 기다리는 듯했다.

그때 다른 차량의 헤드라이트 불빛이 그 여인의 얼굴을 비추었다. 순간 나는 숨이 턱 막히는 것 같았다.

"아, 엄마!"

불빛 속의 여인은 어머니였다. 내가 탔던 버스는 순환선이어서 잠든 사이에 출발점으로 다시 돌아온 것이었다.

그날의 가출 시도는 실패로 끝났다. 나는 어머니의 그 모습을 차마 외면할 수 없었다. 다음 정류장에서 내려 어머니가 기다리는 곳으로 걸어갔다.

집으로 함께 돌아오는 도중 어머니는 내 손을 꼭 잡고 있었다. 다시는 놓지 않으려는 듯이. 가족이란 떠나도 결국은 돌아올 수밖에 없는 순환버스의 출발점 같은 것이라고나 할까?

# 아버지의 노성怒聲

최근 우리나라와 일본의 외교 관계는 벼랑 끝까지 치닫고 있다. 태평양전쟁 당시 종군 위안부 문제에서 비롯된 갈등은 강제 징용자 배상 문제로까지 비화되어 양국의 국민감정은 한껏 악화되어 있다. 일제 치하에서 벗어난 지 70년이 넘었지만 아직까지 우리 사회에 드리운 그늘은 짙어 갈 뿐이다.

전쟁 기간 중 일본에 강제 동원된 사람은 종군 위안부와 징용자에 그치지 않는다. 군인, 군속까지 포함하면 48만여 명에 달한다. 내 아버지도 우리 정부가 일본 정부로부터 이관 받은 '일제시기 강제 연행자 명부'에 올라 있다.

아버지는 태평양전쟁 막바지에 군인으로 강제 징집되었다. 서울에서 중학교에 다니던 중 영장을 받았다. 만주로 도피할까 생각도 했지만, 고향에 계신 부모님께 피해가 돌아갈까 두려워 징집에 응할 수밖에 없었다. 일제 말기에 전쟁터에 동원되면 대부분 살아서 돌아오지 못했다. 할머니는 애지중지하던 막내아들 걱정에 눈물로 밤을 지새웠다. 아버지는 할머니를 두고 먼저 죽는 불효를 저지를 수 없어 절에 가서 7일 동안 간절히 기도를 드렸다고 했다.

아버지는 기초 군사훈련을 받고 전선으로 떠나기 전 일본 히로시마에 있는 한 부대에 임시로 배치되었다. 1945년 8월 6일 오전 8시가 조금 지난 시각이었다. 부대원들은 아침 일찍 식사를 마치고 연병장에 모여 조회를 하고 있었다.

그때 갑자기 공습경보가 울렸다. 아버지는 반사적으로 고개를 들어 하늘을 바라보았다. 시내 중심부 높은 상공에서 미군 폭격기 한 대가 무엇인가 낙하산에 매달아 떨어뜨리는 것을 목격하였다. 그것이 폭탄인 줄은 전혀 짐작할 수 없었다. 낙하산에 매달린 폭탄이 있으리라곤 상상도 할 수 없었기 때문이었다.

일본인 부대장은 미군의 선전용 전단으로 추측했다. 전단을 주우면 내용을 보지 말고 즉시 버릴 것을 지시했다. 부대원들은 낙하산이 시내로 떨어지는 광경을 바라보고 있었다.

낙하산이 상공 500m쯤 이르렀을 때였다. 순간, 온 천지가 하얀 섬광에 휩싸였다. 아버지는 본능적으로 눈을 감고 엎드렸다. 이어서 피부가 타들어 가는 듯한 맹렬한 열기를 느꼈다. 다행히 부대는 바닷가 구릉지에 자리 잡고 있었다. 정신없이 바다 쪽으로 기어가 물속에 뛰어들었다. 정신을 차리고 살펴보니 이미 많은 부대원들이 바닷물 속에 몸을 숨기고 있었다.

화창하게 맑았던 히로시마 상공이 검은 버섯구름으로 뒤덮였다. 얼마 지나지 않아 구름은 빗방울이 되어 시내 전역에 검은 비가 내리기 시작했다. 방사능에 오염된 빗물이었다. 방사능이 무엇인지도 몰랐던 아버지는 피할 생각도 못한 채 비를 맞을 수밖에 없었다.

원자폭탄 투하로 시민 8만 명이 즉사하였다. 후유증으로 사망한 사람까지 포함하면 17만 명에 이르렀다고 한다.

당시 히로시마 인구가 35만 명 정도 되었다고 하니 절반 가량이 원폭에 희생된 셈이었다. 아버지는 태평양전쟁이 일으킨 가장 큰 참극의 현장에 있었지만 부대가 바닷가에 있었던 터에 목숨을 부지할 수 있었다.

아버지는 다음날부터 피해복구 작업에 동원되었다. 생지옥이 따로 없었다. 시내 건물 대부분은 원자폭탄 후폭풍에 날아가 버렸다. 도처에 열기에 타 죽거나 충격으로 죽은 시체가 널브러져 있었다. 부상 당한 시민들은 갈 곳을 찾지 못해 유령처럼 거리를 떠돌았다.

어느 집에 들어갔을 때였다. 마당에 널려 있는 시신 몇 구를 들것에 실어 놓고 내실을 살피러 방문을 열었다. 붓글씨를 표구한 병풍이 눈에 띄었다. 얼핏 보기에는 멀쩡해 보였다. 그러나 자세히 들여다보니 종이부분은 그대로인데 글씨만 새까맣게 타버린 것이 아닌가. 마치 볼록렌즈로 태양열을 모아 태운 듯했다. 그만큼 원자폭탄이 순간적으로 내뿜는 열기는 상상을 초월한 것이었다.

일본의 '무조건 항복' 선언 이후 아버지는 살아서 고향에 돌아올 수 있었다. 오매불망 아버지의 생환을 기다리던 할머니의 기쁨은 이루 말할 수 없었다. 아버지는 그 때 할머니께 가장 큰 효도를 했노라고 눈물을 글썽이곤 했다.

아버지가 돌아가신 지 30년이 넘었다. 40대 초반에 잇몸이 주저앉아 틀니를 맞추어야 했다. 면역력이 약해서 황달, 피부병, 당뇨병 등 온갖 질환에 시달렸다. 당시에는 원인을 알 수 없어 타고난 체질이 그런가 보다 하고 체념했다. 오랫동안 고생하다가 결국 환갑을 갓 넘긴 나이에 간암으로 돌아가셨다.

우리 집안 어른들은 대대로 장수하는 편이었다. 할아버지, 큰아버지, 고모들도 90세 가까이까지 사셨다. 유독 아버지만 이른 나이에 돌아가셨는데 원자폭탄의 후유증이었으리라고 추측하고 있다.

아버지는 일제 치하에서 태어나 불행한 청년 시절을 보냈다. 뼈저린 피해를 입었음에도 일본인들을 미워하지는 않았다. 오히려 그 당시 대다수 일본인들은 군국주의의 희생양이라고 동정했다. 그러나 일본 지도층 인사들에 대해서는 분노를 참지 않았다. 특히 진솔한 사과를 통해 피해자들에게 용서를 구하지 않은 것을.

일본은 패전 후 70년이 넘은 지금까지도 진심 어린 사과를 하지 않고 있다. 일본 국민성의 한계인지도 모른다. 그러한 태도 때문에 엄청난 경제력을 보유하고 있으면서도 세계적 지도국가 반열에는 들지 못하고 있다.

요즘 언론에 보도되는 일본 지도층의 적반하장賊反荷杖 같은 언행을 보고 있노라면 아버지의 한 맺힌 노성이 귀에 들려오는 것 같다.

# 헝겊 필통

그것은 헝겊으로 만든 필통이었다. 세로줄이 쳐져 있는 두꺼운 쑥색 천을 사각 모양으로 잘라 덧대어 꿰매고 위쪽에 지퍼를 달았다. 필기도구를 서너 자루 넣을 수 있는 앙증맞은 수공예품이었다.

대학 입학식 날, 어머니가 누런 한지에 싼 조그만 꾸러미를 건네셨다. 포장을 벗겨 보니 길쭉한 헝겊 주머니가 들어 있었다. 무엇인지 알 수 없어 고개를 갸웃거리자 어머니는 겸연쩍은 표정을 지으며 필기구를 넣어 사용하면 편리할 거라고 말씀하셨다.

어머니는 손재주가 좋았다. 시간만 나면 재봉틀을 돌리

거나 뜨개질을 했다. 낡은 옷을 뜯어 쑥쑥 커가는 우리 오 남매의 옷을 그럴싸하게 만들어 내었다. 오래된 스웨터의 털실을 풀어서는 목도리를 만들고 장갑도 짰다. 위로 누나밖에 없었던 나는 누나의 겨울 코트를 개조한 어색한 모양의 코트를 입고 학교에 갔다가 놀림감이 된 적도 있었다. 그러나 어머니 정성이 깃든 옷들이 부끄럽지는 않았다.

어머니는 대학에 갓 입학한 내게 무엇인가 선물을 하고 싶었을 것이다. 아버지의 사업 실패로 경제적으로 여유가 없던 시절, 궁리 끝에 장롱 속에 모아 두었던 자투리 천을 이용하여 세상에 하나밖에 없는 필통을 만들어 준 것이었다. 나는 그 필통을 책상 서랍 한구석에 밀어 넣고는 곧 잊어버렸다.

대학 졸업반이 되었다. 다들 취업 준비를 하느라 여념이 없었다. 나는 공무원 시험을 보기로 결심하고 집 근처 독서실에 틀어박혔다. 하루에 열 시간 이상 공부하는 강행군이었다. 나는 무엇인가 외우려 할 때 손으로 글씨 쓰는 버릇이 있었다. 하루에 백지 수십 장이 새까만 볼펜 글씨로 뒤덮여 버려졌다.

어느 날 서랍을 정리하다가 그 필통을 발견했다. 마침 필기구를 담을 필통이 필요했는데 안성맞춤이었다. 금속제 필통은 소음이 나는데다 딱딱해서 휴대하기 불편했다. 헝겊 필통은 바지 주머니에 쏙 들어갔다. 독서실을 오가는 길에 만지작거리면 어머니의 따스한 정이 느껴지는 것 같았다.

그러던 어느 날, 독서실 휴게실에서 머리를 식히고 있는데 예쁘장한 여대생이 말을 걸어왔다.

"그 헝겊 필통 예쁘네요. 어디서 샀어요?"

가끔 마주치는 얼굴이었지만 말을 걸어온 적은 처음이었다.

"산 것이 아니고 어머니가 만들어 주신 거예요."

내심 대화를 더 이어가고 싶었으나 숫기가 부족한 나는 다음 말이 생각나지 않았다. 헝겊 필통이 만들어 준 좋은 기회를 놓친 것 같아 두고두고 아쉬웠다. 나에 대한 관심을 에둘러 표현한 것일 수도 있었을 텐데.

공무원 시험날이 왔다. 시험은 논문형으로 사흘에 걸쳐 시행되었다. 과목별로 두 문제씩 출제되었는데, 시험 문제가 적힌 두루마리가 칠판 위에 걸렸다가 타종 소리와 함께 아래로 펼쳐졌다. 문제지가 사르륵 소리를 내며 열릴 때마다 나는 초조한 마음에 어머니가 만든 헝겊 필통을 부여잡고 기도를 했다.

'부디 내가 들인 노력이 헛되지 않기를!'

다행히 문제들은 내가 공부한 범위에서 벗어나지 않았다. 하지만 어떻게 체계를 잡아 써 내려가야 할지 머릿속이 하얘졌다. 신기한 것은 그 필통 속에서 볼펜을 꺼내드는 순간 평소 공부한 내용이 선명하게 떠오르는 사실이었다. 그 다음은 머릿속 내용을 기계적으로 답안지에 옮겨 적기만 하면 되었다.

덕분에 공무원 시험은 무난히 합격하였다. 그날 이후 헝겊 필통은 내게 행운의 부적과 같은 존재가 되었다. 공무원 교육을 받을 때도 직장 초년 시절에도 분신처럼 지니고 다녔다.

어느덧 그 필통은 모서리가 너덜너덜 닳아 볼품이 없어졌다. 해진 틈으로 볼펜이 빠져 나오기도 해 더 이상 사용하기 어렵게 되었다. 하지만 나는 버릴 수가 없었다. 어머니의 정성을 저버리는 듯한 기분이 들었기 때문이다. 기념으로 간직하려고 서랍 한쪽에 고이 넣어 두었다.

세월이 흐르면서 헝겊 필통은 마술처럼 사라졌다. 어느 날 문득 생각이 나서 오래 묵은 짐 속을 샅샅이 뒤져 보았지만 자취도 없었다. 그 필통과 함께 내 젊은 시절의 추억도 잊혀져 갔다.

어머니가 돌아가신 지 일 년이 넘었다. 병석에 누워 계실 때 어머니 모습은 겨울 나뭇가지처럼 앙상했다. 그런 어머니를 볼 때면 나는 귀퉁이가 다 닳아 버린 그 헝겊 필통을 떠올렸다. 자식을 위해 자신의 알맹이를 모두 빼주고 남루한 껍데기만 남은 듯한 그 모습에 속으로 오열하곤 했다.

# 가족사진

오래된 짐을 정리하다가 잊었던 사진 한 장을 찾았다. 표면에 묻은 세월의 먼지를 털어내니 어제 찍은 것처럼 선명했다. 사진을 보고 있으려니 그 속으로 빨려 들어가는 듯한 느낌이었다.

구름 한 점 없이 맑은 여름날이다. 멀리 눈 덮인 산을 배경으로 호수가 펼쳐져 있다. 눈 녹은 물로 이루어진 호수는 햇빛에 반사되어 투명한 비취색을 띠고 있다. 손을 담그면 짜르르 냉기가 온몸에 퍼질 것 같다.

호수 위에는 카누 한 척이 떠 있다. 베이지색 페도라를 쓴 중년 남자가 굳은 표정으로 노를 젓고 있다. 남자 앞에는 주황색 구명조끼를 입은 소녀 둘이 앉아 있다. 남자와는 달리 앞쪽을 향해 손을 흔들며 까르르 웃고 있다. 웃음소리가 시공간을 초월해 들려오는 듯하다.

이십여 년 전, 우리 가족은 캐나다 로키산맥을 여행하였다. 남쪽 캘거리에서 차를 빌려 북쪽 종착점인 재스퍼로 향하다가 루이스 호수에 들렀다.

일정이 빠듯해 시간 여유가 없었다. 호숫가에 자리잡은 유서 깊은 호텔 라운지에서 잠시 빙하가 만들어 낸 아름다운 자연 경관을 감상했다. 그러고는 목적지로 향하려는데 아내가 붙들었다.

"언제 여기에 다시 오겠어요? 아이들에게 즐거운 추억을 만들어 주고 가요."

아내는 호수 선착장으로 나를 이끌었다. 마지못해 카누를 빌려 딸 둘을 태우고 나는 후미에서 노를 잡았다. 대학 시절, 그룹 미팅을 할 때 어느 유원지 못에서 노를 저어 본 이래 처음이었다.

카누는 계속 제자리에서 맴돌았다. 뜨거운 햇살 아래

땀이 물 흐르듯 흘러내렸다. 나를 곤경에 몰아넣은 아내가 약속했다. 하지만 아이들은 내 기분은 아랑곳하지 않은 채 웃고 재잘거리며 물장난을 쳤다.

노 젓는 요령이 생겨 호수 가운데로 나아가고 있을 때 호숫가에서 우리를 바라보고 있던 아내가 손짓을 했다. 아내 쪽으로 노를 저어가니 아내가 부탁했다.

"멋진 배경으로 가족사진을 찍으려 해요. 좀 웃어 주세요."

그러나 웃으려고 해도 웃음이 나오지 않았다. 그때까지도 계획에 없는 일을 벌인 아내에게 화가 나 있었기 때문이다.

여행을 할 때 나는 시간 계획을 철저히 짰다. 가족들은 그 계획에 맞춰 오차 없이 움직여야 했다. 계획이 조금이라도 틀어지면 짜증이 물밀듯 올라왔다. 하지만 아내는 즉흥적 감정에 따라 움직이는 편이었다. 여행의 목적은 아름다운 추억을 쌓는 데 있으므로 계획은 얼마든지 바꿀 수 있는 것이라고 주장했다. 나는 못 들은 척 내 고집대로 여행을 주도했다. 어쩌다 아내의 요구에 따라 계획에서 벗어날 때면 마음이 불편했다.

그동안 세월이 많이 흐르고 내 생각도 많이 바뀌었다. 목표 달성에 가치를 두었던 기억은 저편으로 사라져 갔다. 행복은 과정을 즐기는 데 있다는 것을 알았다. 직선적 삶에서 점선적 삶으로 가치관이 재정립되었다고나 할까. 그때 무엇을 위해 그렇게 서두르고 재촉했는지 지금은 도무지 이해되지 않는다.

사진 속 아이들은 무척 귀여웠다. 해맑게 웃는 모습은 얼음장 같은 마음이라도 녹일 수 있을 것 같았다.

'그때 나는 무엇에 취해 그런 모습을 볼 수 없었을까?'

아이들 바로 뒤에 앉아 노를 젓고 있었지만 내 생각에 사로잡혀 장님이 되어 버린 것이었다.

경직된 내 얼굴만 아니었으면 그 사진은 '아버지와 딸'이란 제목으로 공모전에 출품해도 손색이 없을 수준이었다.

가족사진을 보며 그때의 그 어리석음을 뒤늦게 후회해 본다.

# 명품 선물

큰딸이 손자를 데리고 집에 다니러 왔다. 올해 여섯 살 된 녀석은 못 본 사이에 의젓해졌다. 깍듯이 인사를 하고 꼬박꼬박 존댓말을 썼다. 딸이 예절교육을 제대로 시키는 것 같아 마음이 흐뭇했다. 녀석의 출생 소식을 듣고 허겁지겁 병원으로 뛰어간 기억이 엊그제 같은데, 세월이 참으로 빠르게 흘렀다.

손자가 태어난 후 딸은 야무진 엄마로 바뀌었다. 결혼 전에는 마음에 드는 물건은 가격도 보지 않고 사더니 이제는 생활용품 하나도 인터넷 가격 비교 사이트에 들어가 가장 싼 물건을 찾아낸다. 고급 식당에서 쓰는 돈을 아까워하지 않더니 이제는 식당에 가면 가격표부터 먼저 살핀다. 저런 면이 있었나 싶을 정도로 생소한 모습이었다.

여자는 어머니가 되면서 새롭게 태어난다는 말이 빈말은 아니었다. 결혼 전에는 허술한 면이 많아 보여 걱정도 하고 뼈아픈 말로 야단도 쳤다. 자라면서 변하는 과정을 그냥 지켜보기만 해도 되었을 것을, 내가 너무 성급했었다.

딸이 대학에 다닐 때였다. 어느 날 저녁, 아내가 예쁘게 포장한 상자를 내밀었다. 내 생일을 맞아 딸이 준비한 선물이라고 했다. 포장지를 뜯어보니 명품 브랜드의 고급 셔츠였다. 꽤 비쌀 것 같은 느낌이 들었다. 고맙다는 마음에 앞서 불편한 감정이 치밀었다. 취직한 것도 아니고 아직 용돈을 타 쓰는 학생 신분인데 절약 정신을 가르쳐야겠다는 생각이 들었다.

더구나 나는 명품 옷에 대한 알레르기가 있었다. 얼마든지 값싸고 질 좋은 국산품이 많은데 굳이 몇 배의 값을 치르고 외국 브랜드를 과시하듯 입고 다니는 것이 싫었다. 딸을 불러 말했다.

"선물은 자기 분수에 맞게 해야 한다. 이것 환불하고 양말 몇 켤레만 사오너라."

딸의 얼굴이 창백해졌다. 무엇인가 항의하려다 화가 난 듯한 내 말투에 입을 다물었다. 눈에는 눈물이 맺혀 있었다. 딸은 선물을 가지고 자기 방에 들어가 문을 닫았다.

옆에서 지켜본 아내가 딸 편을 들었다.

"아빠에게 처음으로 제대로 된 선물을 하고 싶다며 다음달 용돈까지 가불했어요. 받아 주지 못하는 당신도 참 옹졸해요."

아내의 말이 폐부를 찔렀다. 하지만 나는 자녀교육을 위해 내가 옳았다는 생각을 바꾸지 않았다. 그 이후 딸은 내게 선물을 일절 하지 않았다.

딸이 결혼하고 2년쯤 지났을 무렵이었다. 딸네 집에 들렀다가 화장실에서 특이한 모양의 전기면도기를 보았다. 사위가 사용하는 것이었다. 생긴 것도 날렵했지만 소독기까지 붙어 있어 위생적으로 보였다. 전기면도기도 많이 진화하였다는 생각에 혼잣말로 감탄했다.

"별 희한한 면도기가 다 있네."

그런 일이 있은 후 몇 주가 흘렀다. 어느 날 모임을 마치고 귀가하니 아내가 딸이 주는 선물이라며 큼지막한 상자를 건넸다. 그 상자 속에 그 독일제 전기면도기가 들어 있었다.

그날 딸이 내 혼잣말을 들었으리라고는 상상하지 못했다. 사실 그 면도기가 신기하다고 생각했을 뿐 갖고 싶은 것은 아니었다. 아직 내 전기면도기도 멀쩡한데 괜한 돈을 낭비했다는 생각이 들었다. 이래서 나이 들면 어디서든 입을 다물어야 하는가 보다 하고 자책했다.

딸이 선물한 전기면도기에는 두 개의 면도날 사이에 막대 모양의 금속이 붙어 있다. 이 금속이 면도를 할 때 쿨링 기능을 발휘해 피부를 서늘하게 식혀 준다. 면도를 하고 나서 스킨로션을 바르지 않아도 상쾌한 기분이 지속된다. 몇 번 사용하다 보니 옛것은 거들떠보지 않게 되었다.

그 전기면도기를 쓸 때면 딸에게 미안한 감정이 솟아나온다. 가난한 청소년기를 보낸 탓에 비싼 물건은 거들떠보지 않는 내 습관을 딸에게 강요했던 건 아닌가 하는 생각이 든다. 딸은 우리 세대와는 달리 풍요로운 시대를 살아왔는데…. 딸은 가격보다 물건이 지닌 가치를 더 중시했던 것 아니었을까? 그때 명품 셔츠를 선물한 딸의 마음이 와 닿았다.

얼마 전 면도를 마치고 딸에게 문자를 보냈다.

'네가 선물한 전기면도기 덕에 면도가 즐거워졌어. 역시 명품이 좋긴 좋네. 앞으로도 기대할게.'

몇 분 후 딸에게서 답신이 왔다.

'아빠 교육 덕분에 저는 또순이가 됐어요. 앞으로는 명품 선물하기 어려울 거예요.'

웃음이 절로 나왔다. 알뜰한 주부로 성장한 딸의 모습을 보니 가슴 한편이 따뜻해졌다.

# 여자가 남자를 움직인다

큰아버지께서 돌아가셨다. 장례를 치르고 얼마 되지 않아 종손 역할을 이어받은 사촌형님이 집안 회의를 소집했다. 한 중국식당에 대소가를 대표하는 6촌 이내 형제들이 모였다. 모두들 무슨 일인가 궁금해서 형님 입만 쳐다보고 있었다.

우롱차 한잔으로 목을 적시며 뜸을 들이던 형님이 드디어 입을 열었다.

"시대가 바뀌면 관습도 달라져야 합니다. 그동안 지켜보면서 제사 풍습의 폐해를 많이 느꼈습니다. 앞으로 집안 제사를 줄일 생각입니다."

그는 사대봉사四代奉祀를 이대봉사二代奉祀로 바꾸겠다고 선언했다. 후손이 얼굴을 마주한 조상까지 제사를 지내는 것이 이치에 맞는 것 같다고 했다. 그리고 명절 때 가정마다 따로 지내던 차례를 함께 하자는 의견을 꺼냈다.

"차례를 지낸 후 각 집안을 방문하는 것은 참으로 번거로운 일입니다."

사실 그랬다. 명절 때 집안 어른들께 인사차 돌아다니자면 사나흘은 족히 걸렸다. 연휴 중에 인사를 마치지 못하면 따로 시간을 내어 방문해야 했다. 며느리들은 줄곧 대기 상태에 있다가 손님이 오면 다과상을 차려냈다.

너무 급작스런 변화가 아니냐는 의견도 있었지만, 다음 명절부터 합동으로 차례를 지내기로 뜻을 모았다. 역할을 분담하고 차례와 식사에 필요한 음식은 요식업체에 맡기기로 하였다.

그러고 나서 첫 설날이 왔다. 합동차례를 지낼 예약한 연회장에 친척들이 모였다. 4대에 걸쳐 70명이 넘는 인원이었다. 오랜만에 온 집안이 함께 모이니 여기저기서 이야기꽃이 활짝 피었다. 활기가 넘치고 왁자지껄한 게

재래시장에 들어온 것 같았다. 특히 며느리들의 표정이 무척 밝았다. '명절증후군'이란 말이 공연히 생긴 것이 아니었다.

나는 사회를 맡았다. 가정의례 책자를 참고하여 분향焚香부터 음복飮福까지 각 순서를 정했다. 그리고 조상들의 신위神位를 항렬에 따라 3차로 나누어 차례를 진행하였다. 제주들은 숙연한 자세로 재배再拜하고 술잔을 올렸다.

차례를 마친 다음 집안 어른들께 세배를 드렸다. 설빔을 입은 남녀가 한꺼번에 세배를 하니 무지개색 파도가 너울거리는 듯한 느낌이 들었다. 팔순이 넘은 당숙께서 세배를 받은 다음 회고담을 했다. 어린 시절 의성군 점곡면 고향마을에서 야밤에 참외 서리를 하다가 주인에게 붙들려 혼난 이야기를 어제 있었던 일처럼 실감나게 말씀하셔서 모두 배꼽을 잡았다.

딱딱했던 분위기가 부드럽게 바뀌었다. '안동김씨 도평의공파都評議公派 해남 할아버지 자손 합동차례'라고 쓴 현수막 앞에 모여 기념사진을 찍었다. 그리고 둥근 테이블에 오순도순 앉아 차린 음식을 즐겼다.

점심을 마치고 참석 인원을 네 팀으로 나누어 레크리에이션을 진행했다. 윷놀이, 투호놀이, 제기차기와 같은 민속놀이를 남녀노소가 어울려 경쟁했다. 시집온 지 몇 달밖에 되지 않은 조카며느리가 치마를 걷어올리고 버선발로 제기를 차기 시작하자 모두 박수를 치며 응원했다. 마침 조카며느리가 소속된 팀이 우승하게 되어 환호성이 터져 나왔다.

이렇게 처음으로 시도한 합동차례를 성공적으로 마쳤다. 헤어지는 친척들의 얼굴에서는 아쉬움이 묻어 나왔다. 진작 이렇게 했어야 했다고 입을 모았다. 집안 며느리들은 과감한 개혁을 주도한 사촌형님을 칭송했다. 형님은 활짝 핀 얼굴로 인사를 받느라 여념이 없었다.

몇 주 후 형님과 따로 만날 기회가 있었다.

"지난 설날 합동차례는 대성공이었어요. 그런 아이디어를 어디서 얻었어요?"

나는 개혁을 결단할 때까지 고심한 과정에 대한 이야기를 기대하고 있었다.

"아이디어는 무슨? 네 형수의 오랜 압력에 두 손을 들었던 것이지."

형수는 10대 종부宗婦다. 명절과 제사 때마다 형수의 노고를 삼십 년 이상 지켜보았다. 주전자의 물이 끓고 있으면 언젠가는 수증기의 힘으로 뚜껑을 들어올린다. 형수는 인고의 세월을 견딘 끝에 집안의 개혁을 성사시킨 것이었다.

남자의 중요한 결정 뒤에는 여자가 있다. 여자가 남자를 움직인다.

# 삶은 그렇게 순환하리라

저녁 무렵 귀가하니 큰딸이 외손자를 데리고 와 있었다. 녀석은 이제 만 다섯 살이 되었다. 가녀린 몸매에 키도 작은 편이다. 큰 눈, 갸름한 얼굴, 뽀얀 피부로 어찌 보면 영화 '나홀로 집에'의 '맥컬리 컬킨'을 연상케 한다.

녀석은 어린이집에서 인기가 많아 '이촌동 아이돌'이라는 별명을 가지고 있다고 했다. 오늘따라 흰 셔츠에 고동색 바지, 그 위에 금빛 단추가 번쩍이는 검정색 반코트를 걸쳤다. 허리에는 주황색 천으로 만든 굵은 벨트를 두르고 머리에는 앙증맞은 새까만 삼각형 벨벳 모자를 썼다. 영락없는 꼬마 해적 모습이었다.

녀석은 기다렸다는 듯 나를 방으로 이끌었다.

"할아버지, '블랙 펄' 만들어 주세요."

기대에 찬 눈빛으로 나를 바라보았다.

아이들은 성장과정에 따라 수시로 관심사가 바뀐다. 외손자도 예외는 아니었다. 로봇에서 자동차로, 그리고 몇 달 전까지만 해도 공룡에 빠져 있었다. 갖가지 공룡 모형을 들고 다니며 그 복잡한 이름을 자랑 삼아 외우곤 했다. 그랬던 녀석이 이제는 해적에 꽂혀 있다고 한다. 영화 '캐리비안의 해적'에 나오는 해적선장 '잭 스패로우'가 놈의 영웅이었다. '블랙 펄'은 그가 타고 다니는 까만 돛이 세 개 달린 해적선이었다.

어린 시절, 나는 종이접기를 좋아했다. 당시 아이들에게 별다른 오락거리가 없기도 했거니와 네모난 종이가 내 손을 거쳐 새, 배, 비행기 모양으로 탈바꿈하는 것이 신기했다. 종이에 생명력을 불어넣은 것 같았다. 나는 종이만 보면 곱게 펴서 모아 두었다. 신문지로 모자를 만들어 쓰고, 광고지로 비행기를 만들어 골목길에서 날렸다. 두꺼운 종이로는 딱지를 접어 친구들과 따먹기를 하고, 빳빳한 종이로는 배를 만들어 동네 개천에 띄웠다.

얼마 전, 외손자에게 종이접기를 해 준 적이 있었다. 녀석은 하얀 사각 종이가 비행기와 배로 변하는 모습을 신기한 듯 지켜보았다. 녀석에게는 할아버지 손이 마술사 손처럼 여겨졌는지도 모른다. 하지만 '블랙 펄'은 단순한 종이접기만으로는 만들 수 없는 것이었다. 그렇다고 할아버지를 '맥가이버'로 생각하는 손자의 기대를 저버릴 수는 없었다.

두꺼운 달력 종이를 한 장 찢어 칼로 테두리를 깨끗하게 다듬었다. 그것으로 바닥이 평평한 큰 배를 접었다. 그리고 화선지 한 장을 꺼내 신문지 위에 놓고 먹물을 칠했다. 화선지는 목마른 사람처럼 순식간에 먹물을 들이키고 새까맣게 변했다. 화선지를 잘 말린 다음 가위로 세 개의 돛을 잘라냈다. 그러고는 접어 놓은 배 바닥에 까만 플라스틱 빨대 세 개를 투명 테이프로 붙여 돛대를 세웠다. 까만 돛을 각 돛대에 붙이고 제일 높은 가운데 돛대 위에는 해골을 그린 해적 깃발을 달았다. 순식간에 그럴듯한 해적선이 만들어졌다.

녀석은 내 옆에 얌전히 앉아 눈을 반짝이며 모든 과정을 지켜보고 있었다. 그렇게 집중하고 있는 녀석을 보는 것은 처음이었다. 문득 그 모습을 어디에선가 본 듯한 느낌이 들었다. 아득한 기억의 저편을 더듬어 외할아버지 옆에 앉아 있는 어린 시절의 내 모습을 상기해 냈다.

외할아버지는 시골 중학교 교장 선생님이었다. 서울에 출장을 오시면 우리 집에 머물렀다. 할아버지는 취미도 다양했지만 특히 손재주가 좋았다.

어느 해였던가. 할아버지가 들고 다니시던 빛이 바랜 밤색 가죽가방에서 조그만 나무토막을 꺼냈다. 그리고 은빛 장도칼을 꺼내 나무를 깎기 시작했다. 나는 할아버지 손놀림이 신기하여 눈 하나 깜박이지 않고 지켜보았다. 시간이 지나자 나무토막은 조각배로 탈바꿈했다. 할아버지는 배 가운데에 구멍을 뚫고 나뭇가지를 깎아 돛대를 세웠다. 그리고 하얀 헝겊 조각을 잘라 돛을 만들어 달았다. 말로만 듣던 '돛단배'가 만들어진 것이었다.

기껏해야 종이배밖에 갖지 못했던 내가 난생처음으로 나무로 만든 돛단배를 갖게 된 것이었다. 그때의 그 감격이란…. 그것으로 친구들에게 얼마나 우쭐대었던가. 마치 어제 일어난 일인 것처럼 생생했다.

내가 만든 해적선은 얼핏 보면 영화에 나온 '블랙 펄'과

흡사했다. 아내와 딸이 보고 놀랄 정도였으니. 녀석의 입이 함박만 하게 벌어졌다.

"이런 블랙 펄을 가진 아이는 이 세상에 너밖에 없을 거야."

녀석은 배를 가슴에 소중히 안고 신나게 방을 뛰쳐나갔다. 나는 알고 있었다. 적어도 일주일 동안은 친구들에게 할아버지 이야기를 무용담처럼 떠들고 다닐 것이라는 사실을. 나도 그때 그랬으니까.

먼 훗날 언젠가 녀석도 할아버지가 될 때가 있을 것이다. 그때 지금의 나와 같이 자기 손자에게 배를 만들어 주며 나를 기억에 떠올릴 수 있으면 좋겠다.

삶은 그렇게 순환하는 것이리라.

# 하나뿐인 복덩이

아파트에서 반려동물을 키우는 사람들을 이해할 수 없었다. 이웃에 피해를 줄 수 있는 일은 벌이지 말아야 한다고 생각했다. 주택이라면 모를까, 마당도 없는 아파트에서 동물과 함께 사는 것도 비위생적으로 보였다.

그러던 내가 졸지에 반려동물과 동거하게 되었다. 딸이 몇 달 간 모은 용돈으로 치와와 한 마리를 덜컥 사가지고 온 것이었다. 환불해 오라고 화를 내고 설득도 해 보았지만 딸의 눈에 맺힌 그렁그렁한 눈물에 지고 말았다.

생활공간이 좁아지는 것은 그런대로 참을 수 있었다. 그러나 개털이 날아다니거나 소변 냄새가 풍겨 오면 짜증이 치밀었다. 처음에는 어디 보낼 데 없을까 하고 고민했지만, 어느새 정이 들어 버렸다. 제법 영리하여 가족들 심기를 헤아릴 줄 알았다.

주말 아침, 치와와를 데리고 동네 초등학교 운동장으로 산책을 나갔다. 말 세 마리가 운동장을 거닐고 있었다. 학생들 승마 체험을 위해 준비한 말이라고 했다. 말을 처음 본 치와와는 공포심을 느낀 것 같았다. 잠시 다른 곳을 보고 있는 사이에 느슨하게 맨 목줄에서 빠져나가 순식간에 시야에서 사라졌다. 개가 도망쳐 숨을 만한 곳을 뒤지고 다녔지만 자취도 없었다.

'아내의 원망을 어찌 감당할까?'

'딸에게는 어떻게 변명을 해야 하나?'

'유기견은 며칠 지나면 안락사 시킨다고 하던데.'

온갖 걱정이 머리를 스치고 지나갔다.

터덜터덜 집으로 돌아가서 가족들에게 사실을 알렸다. 순식간에 집안에 비상이 걸렸다. 아내는 깜짝 놀라 홈드레스 차림으로 뛰쳐나왔다. 부끄러운 줄도 모르고 아파트 단지를 헤매며 치와와 이름인 '복덩이'를 외치고 다녔다. 딸은 늦잠을 자다 소스라치게 놀라 깨어났다. 세수도 하지 않은 얼굴로 초등학교 주변을 돌아다니며 복덩이를 찾았다. 나는 혹시 아파트 외곽으로 빠져나갔을지도 모른다고 생각하고 아파트 주변 도로를 살피고 다녔다.

개를 잃어버린 지 한나절이 되었다. 아파트 경비원이 더 이상 시간이 지나면 찾기 어려우니 광고지를 붙이는 것이 좋겠다고 조언했다. 딸이 컴퓨터로 전단을 만들었다. 딸과 함께 구역을 나누어 주민들 눈에 띄기 쉬운 곳부터 전단을 붙이기 시작했다.

나는 내심 가족들이 보인 반응에 엄청 놀라고 있었다. 마치 가족 한 사람을 잃어버린 것처럼 호들갑을 떨고 있지 않은가? 아내에게 한마디 던졌다.

"까짓 치와와 한 마리 더 사오면 되잖아."

"기가 막혀서. 개면 모두 똑같은 갠 줄 알아요?"

아내가 쏘아붙이는 바람에 본전도 건지지 못했다. 내가 가출해도 가족들이 치와와만큼 정성 들여 찾을지 의문이 들 지경이었다.

경비초소 창문에 전단을 붙이고 있을 때 웬 아주머니가 다가왔다.

"혹시 개를 잃어버렸나요? 우리 동 옥상 입구에 치와와

한 마리가 떨고 있어서 알려주려고 왔어요."

구원의 목소리였다. 아주머니와 함께 부리나케 옥상으로 달려갔다. 아주머니 딸이 치와와를 지키고 있었다. '복덩이'였다. 경계하느라 잔뜩 움츠리고 있다가 나를 보더니 꼬리를 흔들었다. 반가운 마음에 복덩이를 덥석 안아 들었다. 돌아오는 마음은 마치 개선장군 같았다.

복덩이를 안고 집에 들어서자 모두 안도의 한숨을 내쉬었다. 아내는 집 나갔던 자식이 돌아온 것 같은 심정인지 눈물까지 글썽거렸다. 딸은 복덩이에게 줄 사료를 준비하느라 부산을 떨었다.

그때야 나는 알 수 있었다. 복덩이는 결코 다른 개로 대체할 수 없다는 사실을. 처음 우리 집에 왔을 때는 한 마리 동물에 불과했으나 이젠 오직 하나뿐인 복덩이, 소중한 가족이 된 것이었다.

# 닮아 간다는 것

치와와가 피오줌을 누었다. 검붉게 물든 용변 패드를 본 아내 얼굴이 하얗게 변했다. 아내는 당장 동물병원에 데리고 가야 한다고 나를 재촉했다. 내가 몸살로 끙끙 앓을 때보다 더 마음이 급한 것 같았다.

동네 동물병원에 데리고 가서 엑스레이를 찍었다. 수의사는 방광에 결석이 생겼으니 사료를 바꾸고 좀 더 지켜보는 것이 좋겠다고 했다. 하지만 아내는 혹시 암일 수도 있으니 종합병원에 가서 정밀진단을 받아 보자고 성화를 댔다. 나는 수의사 말대로 경과를 본 다음 결정하자고 주장했다. 치와와의 별것 아닌 병에 요란을 떠는 모양새에 내 심사가 뒤틀렸다.

아내는 과거사까지 들추며 나를 인정머리 없는 사람으로 몰아붙였다. 차라리 벌통에 머리를 넣고 있는 편이 나았다. 결국 백기를 들고 말았다. 동네 병원에서 검사 자료와 진료의뢰서를 받아들고 종합병원에 예약 전화를 했다.

예약한 날 아침, 우리는 개를 데리고 종합병원으로 향했다. 차 속에서 녀석은 아내 품에 안겨 오들오들 떨고 있었다. 갓 태어나서 우리 집에 온 지 5년. 눈치 빠른 놈은 벌써 목적지를 짐작하고 아내에게서 떨어지려 하지 않았다. 그 모습을 보고 있으려니 어린 딸을 안고 한밤중에 응급실로 달려가던 때가 생각났다. 순간 가슴이 뭉클해지며 큰 병이 아니기를 마음속으로 빌었다.

종합병원은 별천지였다. 조금 큰 동물병원에 불과할 것이라는 나의 예상은 빗나갔다. 시설 규모가 사람을 치료하는 종합병원 못지않았다. 널찍한 로비에는 각종 반려동물과 그 주인들로 붐볐다.

등록을 하고 진료 순서를 기다리고 있었다. 옆자리 할머니가 자기 몸집만 한 갈색 개를 무릎에 앉히고 걱정스러운 얼굴로 앉아 있었다. 나는 마른 나뭇가지같이 앙상한 할머니 무릎이 무너져 내릴까 걱정되었다. 개의 항문 주위에 커다란 혹이 솟아 있었다. 수원에 살고 있는데 벼르고 별러 종합병원에 왔다고 했다. 너무 늦지 않았으면 좋겠다고 하면서 눈물을 글썽였다.

드디어 우리 차례가 왔다. 치와와는 수의사 품에 안겨 검사실로 들어갔다. 소변, 혈액, 초음파 그리고 내시경 검사. 결과가 나오기까지 한 시간가량 기다려야 했다. 무료한 시간을 달래려고 스마트폰으로 뉴스를 검색하고 있었다. 그때 아내가 내 옆구리를 쳤다.

"참 이상해요. 여기 있는 개들과 주인들 인상이 비슷해요."

갑자기 무슨 뜬금없는 소리인가 싶어 나도 주변을 찬찬히 둘러보았다. 그리고 깜짝 놀라 무릎을 쳤다. 아내 말대로 반려견과 주인의 이미지가 흡사한 것이 아닌가.

도도한 모습의 몰티즈 주인은 깍쟁이처럼 보이고, 눈이 왕방울만 한 시츄 주인은 마냥 태평스런 사람인 듯했다. 사나운 셰퍼드 주인은 우락부락하게 생겼고, 깜찍한 포메라니안 주인은 곁눈질해서라도 자세히 보고 싶을 만큼 예뻤다. 신기하여 아내와 마주 보고 웃었다.

사람과 사람 사이에 인연이 존재하듯 사람과 개 사이에도 어떤 인연이 작용하는 것일까? 무의식적으로 자신과 비슷한 이미지의 개에게 이끌리는 것일까? 사람과 개 사이에도 교감이 잘 되는 상대가 따로 있는 것 같았다.

치와와 건강에 큰 이상은 없었다. 신장과 방광에 결석이 있는 것이 발견되었을 뿐 수술 받을 단계는 아니었다. 결석을 예방하는 사료를 먹이면 돌 크기가 줄어들고 자연 배출도 될 수 있다고 했다.

아내는 가슴을 쓸어내렸다. 가벼운 마음으로 종합병원을 나서는데 아까 옆자리에 앉았던 할머니가 갈색 개를 끌어안고 눈물을 흘리고 있었다. 좋지 않은 결과를 통보받은 것 같았다.

돌아오는 차 안에서 아내 무릎 위에 앉아 있는 치와와를 바라보다가 깜짝 놀랐다. 아내와 녀석의 이미지가 비슷해 보이는 것이었다. 부드러움 속에 묻혀 있는 강인함. 딸이 치와와를 사왔지만 키운 사람은 아내였다. 녀석은 아내를 닮아가고 있었다.

닮아 간다는 것은 무슨 의미일까? 오랜 기간 서로 소통을 하면 외모에도 영향을 주는 것일까? 돌이켜보니 결혼 한 지 10년쯤 되었을 때 나와 아내가 남매 같아 보인다는 이야기를 많이 들었다.

'그렇다면 치와와가 나와도 닮았겠네.'

그 생각에 이르자 머리카락이 곤두서는 것 같았다.

## 제2부

# 추락하는 것은 날개가 있다

# 추락하는 것은 날개가 있다

한밤중에 오한이 들어 눈을 떴다. 방안 공기가 싸늘했다. 침대에서 내려서니 온돌 냉기가 발바닥에 전해졌다. 지하실 보일러가 또 말썽을 일으킨 것 같았다. 추운 겨울밤에 밖으로 나갈 생각을 하니 아찔했다. 혼자 살고 있던 도청 관사는 마당이 넓고 건물도 그럴듯했는데 문제는 낡은 내부 시설이었다. 수시로 손을 보았지만 고장이 잦았다.

두툼한 겉옷을 걸치고 현관문을 나섰다. 뒤꼍에 있는 지하실 입구로 갔다. 칠흑같은 어둠 속에 지하실로 내려가려니 등골이 오싹했다. 계단을 어림잡아 딛고 내려와 전등 스위치를 올렸다. 순간 시꺼먼 그림자 두 개가 내 다리 사이로 빠져나갔다. 비명이 절로 터져 나왔다. 도둑고양이인 듯싶었다.

그런 일이 있은 후 진돗개 새끼 한 마리를 구했다. 흰색 털에 윤기가 자르르한 잘생긴 수놈이었다. 녀석은 마당 이곳저곳을 부지런히 뛰어다녔다. 3개월 남짓 지나자 집안 분위기가 달라졌다. 고양이가 집 근처에 얼씬도 하지 못할 뿐 아니라 쥐까지 꼬리를 감추었다. 영리한데다 기품까지 갖춘 놈이었다.

어느 주말 오후, 마당 한가운데 있는 평상에 앉아 따뜻한 봄볕을 즐기고 있었다. 까치 두 마리가 담장 위에 앉아 있었다. 웬 까치인가 싶어 주변을 둘러보았다. 정원 한 모퉁이 미루나무 높은 곳에 어느새 까치가 둥지를 틀어 놓았다. 혼자여서 적적했는데 까치까지 한식구가 되어 반가웠다.

얼마 후 까치가 알을 부화시켰는지 까치 가족은 다섯 마리로 늘어났다. 까치 부부는 새끼를 키우려고 부지런히 먹이를 구해 날아다녔다.

어느 날 까치가 진돗개 밥그릇에 있는 사료 알갱이를

물고 달아나는 것을 보았다. 영악한 까치는 쉽게 먹이를 구하는 방법을 알아낸 것 같았다. 사료를 뺏긴 진돗개는 약이 올라 까치를 향해 컹컹 짖었다. 그것으로는 분이 풀리지 않았는지 까치가 앉아 있는 담장 꼭대기를 향해 힘껏 뛰어올랐다. 하지만 훨씬 못미처 허공에서 곤두박질치고 말았다.

'날개도 없는 네가 뭘 할 수 있으랴?'

까치는 진돗개를 비웃는 듯 머리를 꼿꼿이 세우고 미동도 하지 않고 있었다. 나는 헛된 노력을 하고 있는 진돗개를 바라보며 쓴웃음을 짓지 않을 수 없었다.

그리고 한 달쯤 지났다. 새벽녘, 마당에 나오니 담 모퉁이 쓰레기 더미 속에 동물 사체가 보였다. 처음에는 진돗개가 쥐를 잡아 놓은 줄로 알았다. 그런데 가까이 가서 보니 놀랍게도 까치였다.

'까치가 왜? 설마 실족사 했을 리는 없을 텐데.'

고개를 들어 까치 둥지를 올려보았다. 제법 몸집이 커진 새끼 까치 한 마리가 막 날아오르고 있었다.

하루 종일 죽은 까치 생각이 머리에서 떠나지 않았다. 퇴근하자마자 관사에 머물고 있는 관리인에게 까치가 죽은 이유를 아느냐고 물었다. 그는 이틀 전 진돗개가 까치를 잡는 광경을 보았다고 했다.

"진돗개가 사료를 훔치고 있는 까치 위로 뛰어올랐습니다. 놀라서 날아가는 까치를 앞발로 후려치더군요. 눈 깜박할 사이에 벌어진 일이었습니다."

진돗개가 바닥에 떨어진 까치를 사납게 물어뜯는 장면이 머릿속에 그려졌다. 듣도 보도 못한 이야기였다. 개가 새를 잡을 수 있으리라곤 상상도 하지 못했다.

까치가 불쌍했다. 한편 자업자득이라는 생각도 들었다. 노력을 하지 않고 쉽게 먹이를 구하려다가 자초한 일이 아닌가. 얼마 지나자 나머지 까치들은 다른 곳으로 이주했는지 자취를 찾아볼 수 없었다.

그 후 몇 년이 흘렀다. 정권이 바뀌고 새로운 대통령이 취임했다. 후배 공무원 하나가 청와대에 근무하게 되었다며 인사차 들렀다. 선배로서 조언을 해 달라는 부탁을 받고 그리스 신화 속 '이카루스' 이야기를 넌지시 꺼냈다.

"태양을 너무 가까이하면 추락할 수도 있으니 조심하게."

그쪽 분위기 탓이었을까? 그는 날개를 달고 더욱 높이

날아오르려는 욕망에서 벗어나기 힘든 것 같았다. 대통령 임기 말까지 소속 부처에 복귀하지 않고 그곳에 남아 있다가 정치적 사건에 연루되었다. 형사 피의자가 되어 뉴스에 나온 그의 모습은 초췌했다.

그의 모습에 죽은 까치가 오버랩되어 가슴이 아팠다. 추락하는 것은 날개가 있다.

# 번지 점프를 하다

절벽 위에 올라서니 강이 내려다보였다. 그곳에 높은 철탑이 서 있었다. 거대한 기린이 하늘에 닿을 듯 목을 쭉 빼고 있는 형상이었다. 기린 턱쯤 되는 위치에 승강기가 아슬아슬하게 매달려 있었다. 높이 63m로 국내에서 가장 높은 번지 점프대라고 했다. 승강기는 까마득한 하늘에 던져진 조그만 주사위 같았다.

번지 점프를 하겠다고 자신감을 보였던 젊은 직원 몇 명이 겁을 먹고 뒤로 물러섰다. 그들이 꽁무니 빼는 것을 보니 실소가 나왔다.

"이런, 겁쟁이들 같으니라고. 그럼 가장 연장자인 내가 먼저 뛰어내릴 테니 따라서 하세요."

강원도 인제에서 가진 직장 연수회 자리였다. 내가 먼저 시범을 보이겠다고 하니 직원들도 마지못해 고개를 끄덕였다. 나는 그들의 얼굴에서 의심의 표정을 읽었다.

'환갑이 다 된 사람이 여기서 뛰어내릴 수 있을까?'

순간 내가 너무 오버한 것이 아닌가 하는 생각이 들었다. 그러나 주사위는 이미 던져졌다.

안전띠를 매고 승강기에 올랐다. 승강기가 위로 움직이기 시작하자 서서히 다리가 떨리기 시작했다. 나를 올려다보고 있는 직원들이 점점 작아지더니 콩알만 해졌다. 겁먹은 내 심장도 콩알만 해진 것 같았다.

이윽고 승강기가 철탑 끝에 멈췄다. 함께 올라간 교관이 안전 수칙과 도약 자세에 대한 설명을 했다. 하지만 겁에 질린 내 귀에는 하나도 들어오지 않았다. 그는 내 등 뒤쪽 안전띠에 고리를 연결했다. 그리고 점프대로 나아가라고 손짓했다. 내가 멈칫거리자 손으로 등을 강하게 밀었다. 어쩔 수 없이 밀려서 점프대 끝에 서게 되었다. 밑을 내려다보지 말라고 했지만 눈이 절로 가는 것을 어쩔 수 없었다.

다리가 계속 후들거렸다. 지상의 멋진 경치가 눈에 들어올 리가 없었다. 교관이 소리쳤다.

"머리를 아래로, 다이빙 자세로 뛰어내리세요!"

바로 그때, 등에 연결한 고리가 빠질 수도 있다는 불안감이 엄습했다. 앞으로 나가야 할 다리가 뒤로 움직이더니 바닥에 딱 붙어 버렸다. 승강기를 타고 도로 내려가고 싶은 마음이 굴뚝같았다.

'내가 이렇게 형편없는 겁쟁이였나?'

자괴감이 머리를 어지럽히고 지나갔다. 그냥 내려가면 직원들을 볼 면목이 없을 것 같았다.

'큰소리치더니 별수 없네.'

수군거리는 소리가 들리는 듯했다.

결국 나를 움직이게 한 것은 용기보다 체면이었다. 한 입으로 두 말 하게 되는 것은 죽기보다 싫었다. 발이 앞으로 나아가는 것이 느껴졌다.

이를 악물고 점프대 끝으로 뛰어가 공중에 몸을 던졌다. 짧은 순간, 나는 한 마리 새가 되었다. 중력을 거스르고 하늘로 날아올랐다. 몸이 새털같이 가벼워지더니 세포가 하나하나 분해되는 듯한 느낌이 들었다. 그리고 이어서 찾아드는 짜릿한 해방감. 그동안 쌓였던 스트레스가 모두 허공으로 빠져나간 것 같았다. 쾌감이 온몸을 감쌌다.

중력을 받은 몸이 서서히 낙하했다. 등에 연결된 줄이 내 몸을 기분 좋게 당겼다. 나는 줄에 매어달린 채 너털웃음을 터트렸다.

뒤이어 많은 직원들이 번지 점프에 도전했다. 미리 신청했던 숫자보다 더 많았다. 번지 점프를 마친 직원들 얼굴에서 생동감이 넘쳐흘렀다. 그들의 변신을 바라보는 내 마음도 흐뭇했다.

허공으로 첫발을 내딛는 순간, 공포심은 내 마음이 만들어 낸 허상이라는 사실을 알았다. 어떠한 두려움에서도 벗어날 수 있는 열쇠를 찾은 기분이 들었다. 나는 지상 63m 위에서 새로운 세계를 맛보았다.

# 슬롯머신의 추억

짜장면 값이 350원 하던 시절이었다. 어느 날 가까운 친구한테서 전화를 받았다.

"500만 원을 한 달만 빌릴 수 없을까?"

"야, 내 월급이 20만 원 남짓인데 어디서 그런 큰돈을 구하겠어?"

"그래도 너는 공무원이니 은행에서 대출을 쉽게 받을 수 있지 않겠나?"

친구는 한숨을 내쉬며 애원하다시피 했다.

'필요할 때 도와주는 친구가 진정한 친구라는데….'

거절하기가 쉽지 않아 망설이고 있는데 전화를 엿들은

직장 동료가 끼어들었다.

"마침 곗돈 탄 게 있는데 대신 빌려줄까요?"

어두운 골목길에서 가로등을 만난 느낌이었다. 내가 보증을 서기로 하고 그 돈을 빌려 친구에게 전달했다. 그러나 약속한 기한이 지나도 친구로부터 아무 연락이 없었다. 직장에 몇 번 전화를 했지만 출장 나갔다고 할 뿐 회신 전화가 없었다.

머릿속에 먹구름이 밀려들었다. 친구에게 돈을 빌려주면 돈 잃고 친구 잃는 경우가 다반사라는 아버지 말씀이 떠올랐다. 그 친구를 믿었지만 대신 갚아야 할 수도 있겠다고 생각하니 눈앞이 캄캄했다. 보름이 지나서야 친구한테서 연락이 왔다.

약속 장소로 나갔다. 명동 근처의 어느 다방이었다. 헝클어진 머리, 충혈된 눈, 덥수룩한 수염, 부기가 남아 있는 얼굴. 초췌한 몰골이 마치 중병을 앓고 난 사람 같았다. 그는 아무 말 없이 두툼한 돈 봉투를 내밀었다.

"도대체 그 사이에 무슨 일이 있었던 거야?"

한동안 침묵이 흐른 후 친구가 어렵사리 입을 뗐다.

그는 어느 순간 슬롯머신에 푹 빠져 버렸다. 레버를

당겨 수박 3개를 일렬로 맞추는 잭팟의 쾌감에 중독되어 버린 것이었다. 잭팟에는 고액의 상금이 따라왔다. 몇 번 재미를 보았으나 횟수가 거듭될수록 주머니가 비어 갔다. 그러다 보니 천만 원 가까운 빚만 남았다. 이제는 본전 생각에 그만둘 수도 없었다.

그날도 돈을 다 털리고 호텔 지하 영업장에서 나오는 중이었다. 그때 한 중년 남자가 다가섰다.

"지금까지 얼마 잃었어? 내 말 들으면 본전을 회복할 수 있는데."

처음엔 웬 뜬금없는 소리, 별 사기꾼도 다 있구나 하는 생각을 했다. 그러나 벼랑 끝에 다다른 친구로서는 선택의 여지가 없었다. 지푸라기라도 잡는 심정으로 그가 이끄는 대로 따라갔다.

가까운 다방에 들어선 남자가 자신을 소개했다. 슬롯머신에 빠져 공금에 손을 대었다가 불명예 제대를 당한 해군 경리장교 출신이라고 했다. 슬롯머신이 자신의 인생을 망쳤다고 생각한 그는 복수해야겠다고 굳게 결심했다.

먼저 고물상을 뒤져 폐기 처분된 슬롯머신을 구했다.

그리고 그것을 해체해 구조를 낱낱이 파악했다. 슬롯머신 속에는 톱니바퀴에 걸려 돌아가는 3열의 릴이 있고, 각 릴마다 30개가 넘는 과일 그림이 붙어 있었다. 딸기, 레몬, 오렌지 그림은 많지만 수박 그림은 몇 개 없었다. 레버를 당긴 다음 각 릴의 창구에 수박 그림 3개가 나란히 떠서 멈출 때 잭팟이 나오는데 그럴 확률은 극히 적었다. 그는 수없는 반복과 시행착오 끝에 각 릴의 톱니바퀴 개수를 이용하여 언제 잭팟이 터지는가를 정확히 예측할 수 있는 수학 공식을 만들어 냈다.

그리고 전국의 슬롯머신 영업장을 순회하며 돈을 따기 시작했다. 일 년쯤 지나 일 억이 넘는 돈을 땄다. 드디어 소문이 났고 결국 블랙리스트에 올랐다. 그가 영업장에 들어서면 팔에 문신을 한 지배인이 조용히 다가와 만 원짜리 한 장을 건넸다.

"선생님, 우리도 먹고 살아야지요. 이 돈으로 저녁이나 사 드세요."

말은 점잖게 했지만 눈빛에는 살기가 어른거렸다. 그는 영업장 출입을 자제할 수밖에 없었다. 그리고 궁리 끝에 방향을 선회했다. 슬롯머신에 빠져 절박한 상황에

처한 사람들을 상대로 자신의 방법을 가르쳐 주고 대가를 받는 쪽이었다.

그는 선금으로 100만 원을, 그리고 실전에서 공식이 통한다는 것을 확인한 후 잔금 100만 원을 달라고 했다. 친구는 속는 셈치고 그 방법을 배우고 싶었다. 하지만 당장 가진 돈이 없었다. 그때 내가 가장 먼저 머릿속에 떠올랐다고 했다.

친구는 선금을 치르고 그 수학 공식을 배웠다. 일주일 동안 매일 만나 하루 4시간씩 그 방법을 익혔다. 3개의 릴에 붙어 있는 90개 가까운 그림 순서를 한 치의 오차도 없이 외우는 것이 가장 어려웠다. 그리고 슬롯머신에 3개의 그림이 떴을 때 수학 공식을 적용해 몇 초 내에 암산을 마치고 다음 그림들을 예측할 수 있어야 했다. 보통 어려운 일이 아니어서 몇 번이나 집어치울까 하는 생각을 했다. 그러나 내게 빌린 돈을 갚아야 한다는 절박감에 그 고비를 이겨 낼 수 있었다고 했다. 그 방법을 터득한 지 한 달 만에 친구는 잃었던 돈을 고스란히 되찾을 수 있었다.

돈 봉투 속에는 원금과 넉넉하게 계산한 이자가 함께

들어 있었다. 그래도 내가 의혹의 표정을 지우지 않자 친구는 나를 데리고 가까운 슬롯머신 영업장에 들어갔다. 그는 몇 개의 슬롯머신 레버를 당긴 다음 그 기계음에 귀를 기울였다. 일정한 힘으로 레버를 당겼을 때 톱니바퀴가 규칙적으로 움직이는 것이 매우 중요하다고 했다. 드디어 친구가 한 기계 앞에 자리를 잡았다. 코인을 한 개씩 넣고는 레버를 당기며 각 릴에 나타나는 그림들을 관찰했다. 10분쯤 지났을까? 친구가 한꺼번에 코인 5개를 슬롯머신에 집어넣었다. 그리고 내 귀에 속삭였다.

"잘 봐, 잭팟이 터질 거야."

그가 레버를 당기자 3개의 릴이 회전하기 시작했다. 첫 번째 릴이 멈추며 수박 그림이 나타났다. 몇 초 후 두 번째 릴도 수박 그림과 함께 멈추었다. 세 번째 릴은 한참을 더 돌고 있었는데 나는 아직도 믿지 못하고 있었다. 마침내 세 번째 릴이 멈추었다. 수박 그림이 선명하게 나타났다. 내 심장도 멎는 것 같았다. 그때 머신 위에 놓여 있는 경광등이 번쩍거리더니 벨소리가 요란하게 울렸다. 지배인이 뛰어왔다. 슬롯머신을 힐끗 보더니 큰

소리로 외쳤다.

"5번 머신, 잭팟! 30만 원 되겠습니다."

한 번 베팅에 내 월급보다 많은 돈을 따다니. 현기증이 났다. 나는 기적을 보고 있었다.

그날 친구는 그 돈으로 명동 술집에서 양주를 샀다. 만취 상태로 헤어지면서 그는 과일 그림들이 일렬로 그려진 종이테이프 3개를 내 재킷 주머니에 넣어 주었다. 그 그림들만 외울 수 있으면 이제 돈 걱정은 안하고 살 수 있다며.

다음날 저녁은 약혼자와 만나는 시간이었다. 나는 온종일 어제의 그 충격에서 벗어나지 못하고 있었다. 식사를 하면서 나는 그 친구 이야기를 전설적 영웅의 무용담인 듯 떠벌였다. 그녀는 조용히 내 말을 듣고 있었다. 그러나 표정은 그리 밝지 않았다. 나는 내 말을 믿지 못하나 하는 생각에 주머니에 들어 있던 종이테이프를 꺼내 보여 주었다.

그 순간, 그녀 눈빛에서 섬뜩한 결기가 느껴졌다.

"그래서 그 방법을 배우겠다는 거예요?"

그녀는 한심하다는 표정을 지으며 나를 노려보았다.

눈치 없는 나는 그때서야 사태의 심각성을 파악할 수 있었다. 그녀가 이렇게 모질게 나온 적은 없었다. 자칫하면 파혼이라도 할 기세였다. 나는 그녀 앞에서 종이테이프 3개를 갈기갈기 찢어 버렸다.

몇 달 후, 지금 아내인 그녀와 결혼했다. 하지만 박봉에 쪼들릴 적마다 그때 그 방법을 배워 두었으면 어땠을까 하는 아쉬움이 떠나지 않았다.

일 년쯤 지나자 슬롯머신 기계는 모두 전자식으로 바뀌었다. 친구가 배운 방법은 더 이상 통하지 않게 되었다. 친구도 흥미를 잃은 듯 슬롯머신 영업장에 발을 끊은 눈치였다.

나는 아마 아내가 말리지 않았어도 그 방법을 배울 수 없었을 것이다. 오직 벼랑 끝까지 몰려본 자만이 마지막 한 방울의 땀까지 쥐어 짜낼 수 있기 때문이다.

# 이기고도 진 시합

총무처에 근무하던 시절, 체육대회가 있었다. 전 직원을 8개 팀으로 나누고 축구, 배구, 탁구, 릴레이, 줄다리기를 경기 종목으로 정했다. 당시 공무원 사회에는 군사 문화가 깊이 침투해 있어 체육대회에서의 경쟁심은 상상을 초월하였다.

체육대회 날이 발표되자 국장이 과장들을 소집했다. 5명의 과장이 각기 한 종목씩 맡아 선수를 선발하고 연습을 시키라는 것이었다. 국장은 3위 이내 입상을 목표로 제시했다.

"나는 운동도 업무의 연장이라고 생각합니다. 최선을

다해 여러분의 능력을 보여 주세요."

웃으며 농담하듯 말했지만 육군 소령 출신인 그의 말에는 뼈가 들어 있었다. 과장 초년병으로 의욕이 충만해 있던 나는 국장에게 능력을 보여 줄 수 있는 좋은 기회가 왔다고 생각했다.

나는 탁구 종목을 맡았다. 중학교 때 친구들과 어울려 탁구장을 자주 드나들었다. 그런대로 소질이 있었는지 시합을 하면 이기는 경우가 많았다. 연습을 하면 옛 실력을 어느 정도 회복할 수 있을 것 같았다. 탁구를 쳐본 적이 있는 직원 몇 명을 선발해 퇴근 후 저녁 늦게까지 열심히 연습을 했다.

체육대회 날이 왔다. 탁구 종목은 토너먼트 방식으로 진행되었다. 각 팀에서 3개의 복식조가 출전하여 2선승을 하는 팀이 이기는 것이었다.

우리의 첫 상대는 직속실 팀이었다. 직속실은 장관과 차관, 기획관리실, 총무과 직원들로 편성되어 있었다. 나는 첫 시합에 나가게 되었다. 첫 시합은 전략상 아주 중요하다. 첫 시합에 이겨야 유리한 고지를 점하고 다음 시합에 출전하는 선수들의 사기도 올라간다. 그러나 상대

팀의 선수를 본 순간 당황하지 않을 수 없었다. 차관이 선수로 직접 출전한 것이었다. 전례가 없는 일이었다.

나는 공무원 교육원에서 일할 때 그를 원장으로 모신 적이 있었다. 그는 업무 능력도 뛰어나고 인품도 훌륭했다. 부하 직원들의 사기를 올려 주고 소신껏 일할 수 있는 분위기를 만들어 주었다. 그와 함께 일하면서 돈독한 인간관계도 쌓았다.

차관은 그때 처음으로 탁구를 배웠다. 점심시간마다 교육원 건물 회랑 한 모퉁이에 설치되어 있는 탁구대에서 연습을 했다. 탁구 실력이 뛰어난 직원들을 불러 시합을 하면서 실전 감각을 익혔다. 탁구의 묘미에 푹 빠져 있는 것 같았다.

나도 탁구를 좀 친다는 이유로 종종 불려가곤 했다. 하지만 상사와 시합할 때는 아무래도 조심스러운 법이다. 이기려는 경쟁심보다 상대에 대한 배려심이 앞선다. 까다로운 볼을 주기보다는 받기 좋은 볼을 보내게 된다. 마음가짐이 그러하니 실력을 제대로 발휘할 수 없었다. 이기는 시합보다는 지는 시합이 더 많았다.

차관은 첫 시합에서 나를 만나자 여유 있는 표정을 지었다. 빙그레 웃으며 농담까지 건넸다.

"그동안 탁구 실력은 좀 늘었나? 나한테는 안 될 텐데."

은근히 나의 기를 꺾는 말이었다. 나는 잠시 고민했다.

'이 시합을 어떻게 해야 하나?'

최선을 다해 3위 이내에 입상하라고 지시한 국장의 얼굴이 떠올랐다.

'그래, 그때는 친선 시합이었지만 이번은 정식 시합이니까 차관이 이해하시겠지.'

나는 모든 기량을 발휘하기로 마음먹었다.

첫 시합이 시작되었다. 나는 차관의 약점을 알고 있었다. 그는 회전이 걸린 볼에 거의 무방비였다. 직원들이 받기 좋게 쳐주는 너클 볼에 길들여져 있기 때문이었다.

나는 그동안 갈고 닦은 비장의 무기를 마음껏 휘둘렀다. 백스핀이 강하게 걸린 서브, 커트, 그리고 기습적인 푸시. 그는 바람이 불자 우수수 떨어지는 낙엽 같았다. 3 대 0, 일방적 스코어로 경기가 끝났다.

무참하게 패배한 차관의 얼굴이 벌게졌다.

"김 과장, 그때와는 많이 다르네."

교육원에 근무하던 시절, 내가 일부러 져주었다고 생각하고 있는 것 같았다. 사실 공에 회전을 걸지 않고 너클 볼로만 승부한다면 내가 차관을 이길 수 있을지는 알 수 없었다. 무어라 변명할 말을 찾아보았으나 마땅한 말이 생각나지 않았다. 나는 죄송하게 되었다는 의미로 허리를 깊이 숙였다.

결국 우리 팀은 탁구에서 준우승을 차지하였다. 국장은 릴레이 경주 마지막 주자로 뛰었다. 아킬레스건이 찢어지는 부상을 입고도 전력 질주하여 2위로 골인하였다. 우리 팀은 종합성적 3위에 올랐다. 직원 수가 그리 많지 않은 우리 국으로서는 선전한 결과였다. 시상식장에서 국장은 얼굴 가득 미소를 띠고 있었다.

체육대회가 끝난 다음날, 차관실에 결재를 받으러 갔다. 왠지 어색한 기류가 흘렀다. 차관이 먼저 탁구 이야기를 꺼내면 오해를 풀어보려고 했으나 아무 말씀도 없었다. 서둘러 결재를 마치고 밖으로 나왔다. 그 후 차관과의 관계는 서먹해졌다.

돌이켜보면 젊음의 혈기가 나를 이끌었던 시절이었다. 승부에 임하면 반드시 이기고 싶었다. 패배한 상대의 심기를 헤아릴 여유가 없었다. 세월이 흐르고 나서야 인생에는 이기고도 지는 시합이 있고 지고도 이기는 시합이 있다는 것을 알았다.

# 전생이 있을까

마흔 살이 다 되도록 결혼을 하지 못한 친구가 있었다. 흰 피부, 작은 얼굴, 훤칠한 키 때문에 서양 사람 같다는 이야기를 자주 들었다. 미남은 아니었지만 흠 잡을 데 없는 외모였다. 미국에서 박사학위를 하고 돌아와 경제 연구소에 근무하고 있었다. 여러 조건으로 보아 그의 결혼이 늦어지는 것은 이해하기 어려운 일이었다.

어느 날 저녁, 맥주를 한잔하며 물어보았다.

"키가 커서 눈이 높은 거야? 적당히 고르고 웬만하면 결혼해."

친구가 정색을 했다.

"이 나이에 눈이 높을 턱이 있나. 선을 수십 번 보았는데 이상한 것은 내가 좋다면 상대가 퇴짜를 놓고, 상대가 좋다면 내가 싫어지는 거야. 왜 그럴까?"

취중에 장난기가 발동했다. 그즈음 재미있게 읽고 있던 심령과학책에서 한 구절을 인용했다.

"전생에 한을 품고 죽은 여자가 빙의憑依되어 있으면 결혼이 늦어진대. 그러면 제령除靈 의식을 받아야 한다더군."

웃고 넘겨 버릴 줄 알았는데 그의 얼굴이 심각해졌다. 공연한 말을 꺼냈다고 후회했으나 엎지른 물이었다.

며칠 후 그 친구한테서 전화가 왔다.

"네 말이 마음에 걸려 잠을 이룰 수가 없어. 그 책 저자를 만나 상담을 받고 싶으니 알아봐 줘."

출판사에 전화를 걸었다. 마침 저자는 심령과학연구소를 운영하고 있었다. 어렵사리 약속 날짜를 잡고 친구와 함께 연구소로 찾아갔다. 삼청공원 근처의 조그만 한옥이었다.

대기실에 중년 아줌마 서너 명이 앉아 있었다. 우리를 힐끔힐끔 쳐다보는 표정이 '젊은이들이 웬일이야?' 하고 묻는 것 같았다. 미신에 빠진 사람으로 보일 것 같아 얼굴이 화끈거렸다. 친구 차례가 되자 안쪽에서 내실로 들어오라는 목소리가 들렸다. 나는 밖에서 기다리려 했는데 친구가 손을 잡아끌었다. 어쩔 수 없이 함께 들어갔다.

저자는 검은 뿔테안경을 쓰고 널찍한 소파에 앉아 있었다. 둥그런 얼굴, 굵은 목, 벌어진 어깨, 배에는 보기 싫지 않을 정도로 살집이 붙어 있었다. 사진 속의 김구 선생님과 닮아 보였다. 머리는 하얗게 세었는데 얼굴에는 주름살 하나 없었다. 매눈 같은 날카로운 눈빛이 가슴을 서늘하게 했다.

그는 특이한 이력을 지닌 사람이었다. 대학 국문과에 다닐 때 신문사 신춘문예에 당선되어 소설가로 활동했다. 한때 심령과학에 빠져 심령과학책을 수십 권 펴냈고 그중에는 베스트셀러도 있었다. 언제부터인가 전생을 볼 수 있는 능력이 생겼는데 빙의된 영혼과 대화도 가능하다고 자랑했다.

그는 탁자 위 주전자에서 물을 한 컵 따랐다. 쭉 들이켜고 나서 우리에게도 권했다. 우주의 기를 모아 놓은 '옴 진동수'라고 했다. 몸과 정신을 정화시키는 데 탁월한 효과가 있다고 했다. 친구는 단숨에 마셨으나 나는 입술만 적시고는 내려놓았다.

그는 눈을 감더니 기를 단전에 모으는 동작을 취했다. 잠시 후 눈을 뜬 그는 친구를 뚫어지게 바라보았다. '뱀이 개구리를 노려볼 때 저런 눈빛을 할까?' 하는 생각이 들었다. 한동안 정적이 흐른 뒤 그가 입을 열었다.

"자넨 조선시대에 동대문을 건축한 도목수였네. 그때나 지금이나 노가다는 술에 빠져 지내기 마련이지. 색주가에서 한 여자를 만나 사랑을 나누었는데 자네가 배신하자 그녀가 목을 매었네. 그 원혼이 자네에게 빙의되어 있어. 그래서 혼사가 원만하지 않았던 게야. 제령 의식을 받아야 하니 날을 따로 잡아야 하겠네."

친구 안색이 창백하게 바뀌었다. 저러다가 친구가 졸도할지도 모르겠다는 걱정이 들었다. 나는 친구 팔을 잡아끌고 얼른 그 집에서 나왔다. 충격에서 벗어나지 못하고 있는 친구를 데리고 가까운 찻집으로 들어갔다.

"그런 허황된 말을 어떻게 믿을 수 있나? 제령 의식은 무슨, 다 돈 벌려는 수작이야. 중요한 것은 네 의지야. 마음먹으면 언제든지 결혼할 수 있잖아? 그러면 그 사람

말이 틀린 게 되는 거야."

그런 일이 있은 후 몇 달이 지났다. 어느 날 친구가 결혼 날짜를 잡았다고 연락을 했다. 친척이 중매를 했는데 신부는 사업에 성공한 재미교포의 딸이라고 했다. 머리 한구석에 남아 있던 먹구름이 걷히는 기분이었다.

결혼식에 참석해 진심으로 행복을 빌었다. 하지만 그의 결혼 생활은 순탄치 않았다. 부인이 알레르기에 민감한 체질이라 공기가 탁한 서울 생활을 힘들어했다. 몇 년이 지나도 아이가 생기지 않았다.

그러자 친구는 다시 자신의 전생 이야기를 떠올리는 것 같았다. 나는 왠지 내 잘못인 듯싶어 미안한 생각이 들었다. 결국 그는 처가가 있는 미국으로 이민을 떠났고, 몇 년간 연락을 하고 지냈으나 언제부터인가 끊겼다.

말이 씨앗이 된다고 한다. 허튼 말을 입에 올렸다가 친구 마음에 상처를 남긴 일은 아직까지 빚으로 남아 있다. 전생이 있거나 말거나 그때 제령 의식을 받게 하고 마음의 찌꺼기를 털어 버리도록 하는 것이 현명하지 않았을까.

어느 날 저녁 늦게 나는 그 친구의 국제전화를 받았다.

"그간 궁금했지? 나 잘 살고 있어. 예쁜 딸도 낳아 결혼시키고, 얼마 전 손자도 보았어."

저녁 식사를 마치고 소파에서 잠시 눈을 붙였던 사이에 꾼 꿈이었다.

# 전쟁놀이 영웅

6 · 25전쟁 상흔이 가시지 않았던 초등학교 시절, 우리 동네에서는 전쟁놀이가 유행이었다. 아이들은 학교를 마치면 가방을 집에 던져 놓고 골목 어귀에 모였다.

양손에 연탄재 덩어리를 몇 개씩 들고 허리에는 나무칼을 찼다. 연탄재를 던지면 하얀 가루가 흩날리는 것이 꼭 수류탄이 터지는 것 같았다. 연탄재에 맞으면 머리카락은 하얗게 물들고 옷은 범벅이 되었다. 나무칼에 손과 팔이 찢기는 것은 예사였다.

전쟁놀이는 양편으로 나눠 각 편의 대장을 정하고, 대장은 멀리 떨어진 전봇대에 각자 진지를 만들었다. 전봇대 위에는 깃발을 꽂아 놓았다. 그 깃발을 먼저 빼앗는 편이 전쟁놀이의 승자가 되는 것이었다. 포로가 되면 전봇대 주변에 쳐놓은 새끼줄 울타리에 갇혀 있어야 했다.

그날은 아군의 전세가 일찍이 기울었다. 한 시간도 되지 않아 대장을 포함해 절반 이상이 포로로 잡혔다. 상급생들이 적진을 무모하게 공격하다가 실패한 탓이었다. 남은 병사는 다섯 명 남짓. 그중 내가 제일 상급생이었다. 어쩔 수 없이 지휘 책임을 이어받았다. 비상수단을 강구하지 않으면 전세를 역전시키기 어려웠다. 나는 처음으로 지휘를 맡은 이 전쟁놀이에서 꼭 이기고 싶었다.

적군 진지를 염탐하러 나섰다. 겨울철이라 벌써 땅거미가 지고 있었다. 쓰레기통 뒤에 몸을 숨기고 적진을 살펴보았다. 흰색 깃발이 전봇대 중간 높이에서 휘날리고 있었다. 전봇대 뒤에는 새끼줄로 엮은 포로수용소가 있고, 그곳에 붙잡힌 아군들이 두 손을 묶인 채 쪼그려 앉아 있었다. 적군 여러 명이 나무칼을 들고 전봇대 주변을 에워싸고 있었다. 소수 인원으로 공격해 들어가는 것은 자살행위였다. 도저히 이기기 어려운 상황이었다.

그때 한 아줌마가 전봇대 옆을 지나갔다. 적군들은

아줌마가 지나갈 수 있도록 자리를 비켜 주었다. 아줌마를 바라보기만 할 뿐 아무런 경계태세도 취하지 않았다. 순간 번개처럼 머리를 스치는 생각이 있었다.

나는 집으로 달려갔다. 어머니는 외출 중이었다. 장롱을 뒤져 치마와 저고리를 찾아냈다. 몸에 걸쳐보니 어머니 체구가 작은 편이라 그런대로 맞았다. 스카프를 꺼내 머리에 둘렀다. 거울을 보니 영락없는 아줌마 모습이었다.

나는 그 차림으로 적군 진지로 향했다. 저녁 어스름이 먹물처럼 공간에 스며들었다. 나는 어둠 속에 내 모습을 깊숙이 감추었다. 적군 진지가 점점 가까워졌다. 가슴은 방망이질을 쳤다. 드디어 적군의 포위망 안으로 들어섰다. 이젠 오금까지 저려왔다. 입술을 꽉 깨물었다. 적군들은 내가 지나갈 수 있도록 길을 열어 주었다.

전봇대가 눈앞에 있었다. 손을 뻗으면 깃발을 움켜잡을 수 있을 것 같았다. 그때까지도 적군들은 전혀 눈치를 채지 못했다. 그 순간을 놓치면 더 이상 기회가 없을 것이라는 판단이 들었다. 나는 두 눈을 질끈 감고 전봇대 위로 뛰어올랐다. 깃발을 손으로 낚아챘다. 짜릿한 전율감이 온몸으로 퍼져 나갔다.

"이겼다!"

내 고함소리가 화살처럼 저녁 하늘을 뚫고 날아갔다. 적군들은 나를 의아하게 쳐다보고 있었다. 웬 아줌마가 아이들 전쟁놀이를 방해하느냐는 표정이었다. 나는 천천히 스카프를 벗었다. 그때야 나를 알아보고 경악하는 눈빛들! 그 통쾌한 기억은 아직까지 남아 있어 나를 미소 짓게 한다.

이 일로 나는 전쟁놀이의 영웅이 되었다. 소문은 널리 퍼져 '꾀돌이'라는 별명까지 얻었다. 그 별명은 한동안 나를 따라다녔다.

오늘은 미세먼지가 없는 화창한 봄날이다. 오후에는 시간을 내어 서대문 적십자병원 뒤쪽에 있는 교남동에 가볼 작정이다. 아직 옛 모습이 남아 있는 그 골목을 거닐면 그 시절 아이들의 함성이 내 귀에 들려온다.

# 동성애자

영어로 거침없이 대화를 하는 사람을 보면 부러웠다. 30대 초반, 미국에서 2년간 유학했지만 어학 재능이 부족한 탓인지 영어에 대한 콤플렉스에서 벗어나기 어려웠다. 특히 영어로 토론해야 할 상황에 부딪히면 실력의 한계를 절감했다.

40대 중반, 다시 미국 대학에 1년 정도 체류할 기회가 있었다. 나는 곧바로 영어 교육과정에 등록했다. 커리큘럼이 내가 부족한 부분을 보충하는 데 안성맞춤인 것 같았다.

영어 토론 수업 첫 시간이었다. 30대 후반으로 보이는 여성 강사가 강의실에 들어왔다. 외모에서 풍기는 분위기가 독특했다. 짧게 커트한 갈색 머리, 한 듯 만 듯한 엷은 화장, 오렌지색 재킷과 빛바랜 청바지. 보이시한 느낌이었다. 샌프란시스코에 동성애자가 많이 살고 있다고 들었는데 혹시나 하는 생각이 들었다.

토론 수업은 자율적 방식으로 진행되었다. 두 시간 동안 두 명의 학생이 사회자가 되어 두 가지 주제의 토론을 이끌어 가는 것이었다. 사회자는 토론 주제를 먼저 정하고 그 주제에 대한 찬반 양론의 논거를 개괄적으로 정리해 학생들에게 소개한 다음 토론을 시작했다. 학생들은 각자 자기 의견을 제시하고 그런 의견에 도달하게 된 근거를 논리적으로 설명해야 했다. 토론을 마친 다음에는 찬반 의견에 대하여 거수로 표결에 붙였다.

몇 주가 지나자 내가 사회를 맡아야 할 차례가 되었다. 나는 주제를 '동성애'로 정했다. 미국에서 사회적으로 크게 논란이 되는 주제이기도 하거니와 이 주제를 정하면 여성 강사가 어떤 반응을 보일까 궁금하기도 했다. 악의적인 호기심이었을 것이다.

나는 토론 준비를 위해 도서관에 갔다. '동성애'에 대한 많은 자료를 읽고 관련 지식의 폭을 넓힐 수 있었다.

동성애는 70년대까지만 하더라도 정신질환의 일종으로 간주되었다. 동성애자로 밝혀지면 강제로 정신병원에 입원시킬 수 있었다. 의학이 발전함에 따라 동성애의 원인이 밝혀졌다. 태아 때 산모 호르몬의 불균형으로 인해 나타날 가능성이 높아진다고 했다. 어떤 성향을 갖고 태어날 뿐 뇌기능에 이상이 생긴 것은 아니었다. 주체할 수 없는 힘에 이끌려 이성보다 동성을 동경하게 된다고 했다.

문득 초등학교 때 우리 동네에 살았던 여자 같은 남자애가 생각났다. 그는 곱상한 얼굴에 말투도 나긋나긋했다. 남자애들이 거칠게 대하면 눈물을 찔끔거렸다. 여자아이들과 고무줄넘기를 즐겨했고 남자애들 몸싸움에는 끼어들지 않았다. 모두들 '계집애 같은 녀석'이라고 놀리고 상대를 하지 않았다. 어쩌다 녀석이 상냥한 목소리로 말을 걸어오면 기분이 이상했다. 몸에 개미가 기어오른 것처럼 근질거렸다.

나는 편견에 사로잡혀 있었다. 동성애에 대한 부정적 자료를 많이 수집해 반대 의견이 토론에서 이기도록 하고 싶었다. 하지만 동성애에 대해 알면 알수록 그들에 대한 연민의 정이 깊어 가는 것을 어쩔 수 없었다.

토론 시간이 왔다. 나는 사회자로 강단에 섰다. 동성애에 대한 찬반 양론의 개요를 설명해 주고 토론을 시작했다. 사회적으로 관심이 큰 주제라 여기저기서 경쟁적으로 손을 들었다.

토론이 벌어졌다. 처음에는 반대하는 의견이 우세했다.

"성경에서도 이를 죄악시하고 있다."

"비도덕적이며 에이즈라는 불치의 병을 퍼뜨렸다."

"자연법칙에 어긋나며 종족 보존이라는 인류의 사명을 저버리는 행위다."

그대로 진행되면 표결 결과는 불 보듯 뻔한 일이었다. 나는 토론의 균형을 잡기 위해 미리 복사해 온 의학 관련 자료를 나누어 주고 설명했다.

"동성애는 질환이 아니고 하나의 성향이라는 것이 정설입니다. 후천적 선택이 아니라 선천적 기질이라고 합니다."

잠시 정적이 흐르고 동성애를 옹호하는 의견들이 나오기 시작했다.

"의지와 관계없이 타고난 성향인데 왜 책임을 져야

하는가?"

"자기와 다르다는 이유로 다수가 소수를 공격하는 것은 정의롭지 못하다."

"성 차별과 인종 차별을 금지하듯 동성애도 인권 차원에서 접근해야 한다."

치열한 토론이 끝났다. 나는 사회자로서 토론 내용을 표결에 붙였다. 결과가 어떻게 나올지 무척 궁금했다. 결국 동성애 옹호론이 반대론을 약간의 차이로 이겼다. 그때 나는 강사의 얼굴에 안도의 미소가 스쳐 지나가는 것을 놓치지 않았다.

수업이 모두 끝났다. 강의실을 나가려는데 강사가 말을 걸었다.

"시간 있으면 커피 한잔 함께 해요."

그녀는 연구실에서 커피를 준비하며 무언가 골똘히 생각하는 눈치였다. 그녀가 커피를 건넬 때 눈과 눈이 마주쳤다. 푸른색 눈동자가 흔들리는 것 같았다.

"내가 동성애자인 줄 알고 있었어요?"

단도직입적 질문에 나는 당황했다. 입안에 머금었던 뜨거운 커피를 갑자기 삼키는 바람에 목구멍이 불에 덴

듯했다. 목소리를 낼 수 없어 고개를 끄덕일 수밖에 없었다.

“당신이 동성애를 주제로 택했을 때 매우 불쾌했어요. 나를 망신시키려는 의도가 아닌가 하고 의심했어요. 그러나 당신이 토론을 중립적으로 이끌어 주어 마음을 놓았어요.”

그녀는 표결 결과에 만족해했다. 많은 편견에 시달려 왔을 그녀가 안쓰러웠다.

몇 년 전, 국립국어원에서 ‘사랑’이란 단어의 뜻풀이를 바꾸었다. ‘이성의 상대를 그리워하는 마음’을 ‘어떤 상대를 그리워하는 마음’으로 표현을 달리했다. 성 소수자를 인정하는 사회적 추세를 반영했다는 설명을 덧붙였다. 그러나 얼마 후 종교단체의 반발에 부딪혀 슬며시 당초의 뜻풀이로 되돌아갔다. 우리 사회가 다양성을 존중하기까지에는 아직 시간이 더 필요할 것 같다.

어렸을 때 우리 동네에 살았던 그 친구가 어떻게 살고 있는지 궁금해진다. 언젠가 만나 서로 알아볼 수 있다면 따뜻하게 안아 주고 등을 한번 두드려 주고 싶다.

# 결혼이라는 선택

따뜻해진 날씨와 함께 결혼 시즌이 왔다. 우편물을 받다 보면 하루에도 몇 통씩 청첩장이 쌓인다. 결혼식에 참석하면서 배우자를 어떻게 선택했는지 궁금할 때가 많았다.

'B(birth)와 D(death) 사이에는 C(choice)가 있다'는 말대로 삶은 선택의 연속이다. 그리고 그 결과에 따라 인생 행로는 달라진다. 아마도 결혼은 인생에서 가장 중요한 선택 행위일 것이다.

한 선배의 모습이 떠오른다. 안경을 낀 동그란 얼굴, 중키에 다소 살집이 있는 몸매였다. 그는 중학교 교사를 하다가 공무원으로 진로를 바꾸었다. 교육을 함께 받을 때 후배들에게 밥도 잘 사주고 따뜻한 조언도 아끼지 않았다.

어느 날 선배가 가깝게 지내는 후배 몇 사람을 저녁 식사에 초대하였다. 종종 있는 일이어서 즐거운 마음으로 약속 장소에 나갔다. 선배 옆에는 박꽃처럼 단아해 보이는 한 여인이 앉아 있었다. 약혼녀라고 했다. 결혼을 앞두고 후배들에게 소개해 주려고 자리를 마련한 것이었다.

두 사람은 잘 어울려 보였다. 약혼녀는 말도 자분자분 잘 하고 유머 감각도 있었다. 다소 짓궂은 질문을 해도 웃으며 잘 받아 주었다. 푸근한 형수감이라는 생각이 들었다. 우리는 분위기에 들떠서 '형수님' 소리를 남발하며 취할 때까지 술을 마셨다.

몇 달이 지나 선배의 결혼식이 있었다. 결혼식장에서 신부의 얼굴을 본 순간 나는 놀라지 않을 수 없었다. 선배가 소개했던 그 약혼녀가 아니었다. 더욱 세련되고 기품 있어 보이는 장미꽃 같은 여인이었다. 그날 식사를 함께했던 몇 사람이 눈을 크게 뜨고 웅성거렸다.

"도대체 그 사이에 무슨 일이 있었던 거야?"

나중에 그 연유를 알아보았다.

선배는 지방행정 경험을 쌓기 위해 울산에 몇 개월 근무하게 되었다. 공교롭게도 그 지역 유지가 선배를 마음에 두고 사윗감으로 점찍었다. 집요한 공세가 펼쳐졌다. 선배는 약혼녀가 있었지만 신부집의 재산과 신붓감의 미모에 마음이 흔들렸다. 고심하던 끝에 파혼을 하고 유지의 딸과 결혼하기로 결심했다.

하지만 새 신붓감과 서둘러 결혼식을 추진하느라 약혼녀와의 관계를 깨끗이 정리하지 못한 것이 문제가 되었다. 약혼녀 아버지가 노발대발했다. 그런 녀석은 공무원 자격이 없다며 관계기관에 진정서를 제출했다. 아까운 인재라고 동정하는 의견도 있었지만 결국 공직을 떠나야 했다.

그래도 선배는 한동안 잘나갔다. 처가의 영향력인지 대기업 간부로 특별 채용되었다. 높은 보수 덕이었을까, 공무원 시절보다 신수는 더 훤해졌다. 그러나 그것은 겉모습일 뿐 마음의 병이 들었다. 공무원을 그만두는 과정에서 겪은 스트레스 때문이었을 것이다.

환상과 환청이 생겼다. 다른 사람의 눈에 보이지 않는

사람이 보이고 귓속에서 윙윙거리는 소리가 들렸다. 병가를 내고 요양시설에서 치료도 받아 보았으나 효과가 없었다. 결국 직장을 떠날 수밖에 없었다. 그 후 선배와는 연락이 닿지 않았다.

몇 년 후 선배가 갑자기 사무실로 찾아왔다. 소식이 궁금했는데 정말 반가웠다. 선배는 빛바랜 점퍼 차림의 초라한 행색이었다. 반들반들한 사과 같았던 선배가 몇 년 사이에 물 빠진 돌배같이 후줄근하게 되어 버렸다. 그 사이 병을 이유로 이혼을 당했고, 아이 둘도 빼앗긴 채 방 하나를 얻어 자취를 하고 있다고 했다. 쓸쓸히 떠나는 선배를 배웅하면서 주머니에 용돈을 넣어 드렸다.

마음의 병이 어느 정도 치료되자 선배는 신학대학원에 입학하였다. 그리고 몇 년 후 목사가 되어 서울 변두리에 교회를 열었다. 신도 수가 20명도 안 되는 조그만 개척교회였다. 선배는 교회를 키울 의욕으로 들떠 있었다. 다행스럽게도 목회 과정에서 교회 개척을 도와줄 새로운 배우자를 만났다. 선배와 동갑내기인 그녀는 독실한 신자로 교회 운영에 많은 도움을 주고 있었다.

그 무렵 선배와 식사를 함께한 적이 있다. 보지 않은

사이에 선배는 놀랄 정도로 살이 쪄 있었다. 배가 곧 터질 듯한 풍선 같아 마음이 조마조마했다. 몸 어딘가에 이상이 있는 것이 틀림없었다. 건강진단을 받아 보라고 당부했지만 빙그레 웃을 뿐이었다.

불길한 추측은 대개 맞는 경우가 많다. 몇 달 지나지 않아 선배의 부음을 들었다. 심근경색이라고 했다. 겨우 오십을 넘긴 나이였는데…. 장례식장에서 선배의 동생이 눈물을 글썽이며 말했다.

“행정고시가 형님 인생을 망쳤어요. 교사 생활을 했으면 순탄한 삶을 살 수 있었을 텐데….”

선배에게 운명은 너무 가혹하였다. 결혼 과정에서의 선택이 결과적으로 그를 죽음의 구렁텅이까지 몰고 갔다는 생각이 들었다. ‘나비효과’가 의미하듯 인생에서 하나의 선택이 어떠한 태풍을 몰고 올지는 아무도 알 수 없는 것이다.

# 안 된 것으로 된 거야

'긴급 연락 요망합니다.'

회의를 하고 있는데 핸드폰으로 문자가 왔다. 발신자를 확인해 보니 2년 전 G시에서 국회의원에 당선된 전 직장 동료였다. 회의를 마치자마자 전화를 걸었다.

부부 동반으로 저녁 식사를 함께 하자는 이야기였다. 평소 막역하게 지내기는 했지만 갑자기 부부 동반이라니 낌새가 이상했다. 이유를 물으니 자기를 좀 도와주어야 하겠다며 정중히 요청했다. 대략 짚이는 것이 있어 더 이상 묻지 않았다.

"이번 지방선거에 우리 당 시장 후보로 나와 주세요."

며칠 후 만난 식사 자리에서 그가 말했다. 나는 어느 정도 짐작하고 있었지만 아내는 경악했다. 선거에 나가면 아내 역할이 중요하기 때문에 부부 동반을 요청했다는 말을 듣고서는 얼굴이 하얘졌다. 평소 수줍음을 많이 타는 성격이라 도저히 감당할 자신이 없는 것 같았다. 아내는 평온한 가정에 파문을 일으킨 그를 원망스럽게 바라보았다.

나도 처음에는 내키지 않아 거절할까 했다. 내게 정치적 자질이 있다고 생각해 본 적도 없고 무엇보다도 선거에는 돈이 많이 든다고 하는데 감당할 자신이 없었다. 하지만 그는 나를 집요하게 설득했다. 득표율이 15% 이상만 되면 중앙선거관리위원회에서 선거 비용 전액을 보전하기 때문에 실제로 드는 돈은 많지 않다고 했다.

내 마음속에 미묘한 변화가 일었다. 어쩌면 내게 좋은 기회가 왔는지도 모른다는 생각이 들었다. 일선 기관에서 시민들과 함께 어울리고 또 봉사하면서 현직을 마무리할 수 있다면 그보다 더 멋진 일은 없을 것 같았다. 그는 수도권이라 지역 연고도 작용하지 않으니 당의 공천만 받으면 당선에 무리가 없을 것이라고 덧붙였다. 당

공천은 지역 국회의원인 자신이 책임을 지겠다고 했다.

집으로 돌아오는 차 안에서 아내를 설득했다.

"기회는 왔을 때 붙잡아야 하는 법이야. 정치는 처음이지만 지성으로 노력하면 안 되는 일이 있겠어?"

아내는 어두운 표정으로 한동안 침묵을 지키고 있었다. 내 가슴은 타들어가는 듯했다. 이윽고 깊은 한숨을 내쉬더니 마지못해 응낙했다.

"정 그렇게 하고 싶으면 말리지는 않겠어요."

첫 고비를 넘었다. 지방선거 예비후보자 등록 절차를 밟았다. G시에 집을 구해 주민등록을 옮기고, 정당에 가입한 후 공천 신청을 했다. 지역 중심 상가에 선거 사무실을 빌리고 사무원을 모집했다. 선거관리위원회에 등록을 마치고 커다란 홍보용 현수막을 사무실 외벽에 붙이고 나니 어느새 몇 주가 훌쩍 지났다.

지역 신문에서 관심을 갖고 몇 번 인터뷰를 해갔다. 유력한 후보로 다루어 주고 입소문이 나자 주민들도 나를 알아보기 시작했다. 길거리에서 명함을 돌릴 때면 손을 꽉 잡으며 반드시 당선될 거라고 덕담을 해 주는 사람들도 늘어났다. 여론 조사를 해 보니 인지도가 점점 높아

지고 있었다. 때마침 당 인재영입위원회에서 지방선거를 위해 새로 영입한 유망한 인재 명단에 나를 넣어 주었다. 당 공천 가능성은 한층 더 높아졌다. 마치 구름 위에 떠 있는 기분이었다.

당 공천심사위원회에서 면접을 하는 날이었다. 나는 지역 국회의원의 말을 철석같이 믿고 있었다. 예비후보자가 여럿 있었지만 형식적 절차인 줄로만 알았다. 그러나 면접은 예기치 않은 방향으로 흘러갔다. 몇몇 심사위원들이 그동안 지역에서 한 일도 없으면서 어떻게 공천을 신청하게 되었느냐고 따지듯이 물었다.

그때서야 나를 견제하는 세력들도 상당히 있다는 사실을 깨달았다. 특히 G시의 현직 시장을 지지하는 세력이 만만치 않았다. 그는 시민들에게 인기를 잃어 공천 받기 어려울 거라는 이야기가 많았다. 지역 국회의원도 현직 시장의 재당선이 어려워 나를 영입하게 된 것이라고 누누이 말했다.

하지만 현직이라는 프리미엄은 넘기 어려운 벽이었다. 지역 국회의원과 힘을 합쳐 최선을 다했지만 공천심사위원회 표결 결과 8 대 7, 한 표 차이로 고배를 마셨다.

본선에 나가보지도 못하고 예선에서 주저앉은 셈이었다.

선거 사무실로 돌아오니 두 달 동안 한 배를 타고 정이 들었던 사무원들이 눈물을 글썽였다. 오히려 당사자인 내가 담담한 편이었다. 본선에 나가면 부딪쳐야 할 태풍을 피하게 된 안도감이었는지도 모른다. 나를 도와준 사람들의 손을 일일이 잡으며 감사 인사를 했다. 짧은 기간이었지만 두터운 동지애가 쌓였다. 이래서 정치에 한 번 발을 담그면 쉽게 벗어나기 어려운 것인가 보다 하고 생각했다.

큰 식당을 예약해 해단 모임을 가졌다. 그동안 지역 기반이 전혀 없는 나를 위해 애써 준 지역 유지들을 초청했다. 그들은 짧은 기간이었음에도 현직 시장을 상대로 박빙의 승부를 벌인 나를 '절반의 성공'이라고 위로했다. 나의 지지도 상승세로 보아 4년 후를 기약하는 것이 좋겠다고 입을 모아 권했다.

몇 주 후, 지방선거가 끝났다. 예상한 대로 여당의 현직 시장은 야당 후보에게 패했다. 뒤늦게 여당에서 나를 공천했으면 결과가 달라졌을지도 모른다는 자성론이 나왔지만 뒷북을 치는 격이었다.

그러는 사이에 선거 때 나를 도와주었던 사람들의 모임이 자생적으로 생겼다. 그들은 이 기회에 아예 전 가족이 G시로 이사해 4년 후를 대비하라고 줄기차게 권했다. 나는 고민에 빠졌다.

'재도전하는 것이 용기일까, 집착일까?'

그 의문에 대한 답을 한동안 구하지 못하고 있었다.

그러던 어느 날 한 시인의 글귀를 접했다.

'안 되면 안 되는 대로, 안 된 것으로 된 것이고.'

순간 머릿속에 불이 켜지는 것 같았다. 안 된 것도 관점을 달리하면 된 것으로 볼 수 있겠다는 생각이 들었다. 비싼 수업료를 내고 생생한 체험을 겪은 것으로 만족하면 될 일이었다. 짙은 안개 속에서 길을 찾은 느낌이었다.

다음날 지역 국회의원과 함께 점심을 먹었다. 그 자리에서 정치에서 완전히 발을 빼겠다는 의사를 전했다. 아쉬워하는 그의 손을 잡고 말했다.

"덕분에 정말 좋은 경험했습니다. 감사합니다."

제3부

# 모과 향기

# 모과 향기

늦은 저녁 귀갓길, 가을비가 추적추적 내리고 있었다. 미처 우산을 준비하지 못해 비를 맞을 수밖에 없었다. 젖은 낙엽이 구두 밑에 달라붙어 신음소리를 내고 있었다. 가을을 타고 있었을까, 아니면 몇 잔 들이킨 막걸리 탓이었을까? 울적한 기운이 안개처럼 스며들었다. 이 비가 그치고 나면 겨울 문턱에 들어설 것이다.

벌써 한기가 느껴지는 듯하여 코트 깃 속으로 목을 움츠렸다. 그때 무엇인가 툭 하고 떨어지는 소리가 났다. 귓가를 스치더니 어깨에서 미끄러져 둔탁한 소리를 내며 땅바닥에 떨어졌다. 깜짝 놀라 게걸음을 쳤다. 하마

터면 내 머리를 정통으로 맞힐 뻔했다.

허리를 구부려 어둠 속을 살펴보았다. 어른 주먹만 한 노란 열매가 떨어져 있었다. 모과였다. 거무스름한 반점이 군데군데 있는 것이 벌레 먹은 참외같이 생겼다. 어찌 보면 강변에서 주워 온 수석 같기도 하고 찌그러진 추상 조각을 닮기도 했다.

'이곳에 모과나무가 있었던가?'

이 아파트 단지에 산 지 20년이 넘었지만 거기 모과나무가 있는지는 그날 처음 알았다. 그 길을 지나면서 모과 향기라도 맡을 수 있었을 텐데 그런 기억도 없었다. '관심이 없으면 눈이 있어도 보지 못하고 코가 있어도 냄새를 맡지 못한다'더니 그동안 직선적 삶만을 고집했던 탓은 아니었을까?

모과를 길 옆 풀숲에 던져 놓고 발걸음을 재촉했다. 그런데 누가 자꾸 뒤에서 끌어당기는 기분이 들었다.

'하필 그때 왜 모과가 떨어졌을까? 무슨 인연이 있는 것일까?'

열 걸음쯤 걸어가다가 뒤돌아섰다. 풀숲을 뒤져 모과를 찾아냈다. 가로등 불빛에 비추어 보니 떨어질 때 충격

때문인지 꼭지에서 아래쪽으로 길게 틈이 벌어져 있었다. 그 틈 사이로 은은한 모과 향기가 배어 나왔다. 아, 오랜만에 맡아 보는 모과 향기!

집으로 가져와 수세미로 깨끗이 닦았다. 그리고 건넌방 장식장 한쪽에 올려놓았다. 얼마 지나지 않아 모과 향기가 온 방에 퍼지기 시작했다. 그 향기가 아련한 추억을 불러일으켰다.

군 제대를 몇 달 앞두고 선을 본 적이 있었다. 어머니는 맏며느리가 제대로 들어와야 집안이 원만해진다고 나를 채근했다. 양반집 딸에 가정교육도 잘 받았고 일류 대학을 나와 외국계 은행에 다니고 있다며 한껏 기대를 부풀렸다.

외박 나온 날 저녁, 그녀를 만났다. 갸름한 얼굴, 깨끗한 피부, 날씬한 체형. 귀티가 나는 인상이었다. 인사를 하다가 내 양복 윗주머니에 꽂아 놓은 만년필이 떨어졌다. 바닥에서 구르더니 그녀 구두 앞에 멈췄다. 당황해서 얼른 주우려고 하는데 그녀가 먼저 허리를 숙여 만년필을 주웠다. 그러고는 핸드백에서 하얀 손수건을 꺼내 깨끗하게 닦은 다음 돌려주었다. 그 자연스러운 행동 하나에 그녀의 교양이 묻어 나왔다. 흠잡을 데 없는 신붓감이었다. 하지만 수수한 외모가 내 눈길을 사로잡지는 못했다.

그녀는 책을 많이 읽은 것 같았다. 대화를 이어가기 위해 나는 인문학 지식을 총동원해야 했다. 웬만한 지적 대화에는 밀리지 않는다고 자부해 왔지만 그녀에게는 역부족이었다. 나보다 한수 위라는 것을 인정하지 않을 수 없었다. 그녀는 우리 집안과 나에 대해서도 들은 이야기가 많은지 소상히 알고 있었다. 그녀와의 대화에는 뇌세포를 끊임없이 긴장시키는 즐거움이 있었다. 시간이 빠르게 지나갔다.

헤어지기 전, 나는 새벽에 보초를 설 때 초소에서 바라보는 밤하늘에 대한 이야기를 했다. 당시 나는 천문학에 빠져 있었다.

"보초를 서는 두 시간 동안 별자리를 찾다 보면 금방 교대시간이 다가와요. 덕분에 그 시간이 전혀 지루하지 않아요. 혹시 여름철 남쪽 하늘에 보이는 사수자리에 얽힌 이야기를 들어본 적 있나요?"

그녀는 처음 듣는 이야기인 듯 호기심으로 눈을 반짝

였다. 나는 반인반마 케이론과 헤라클레스 사이에 얽힌 그리스 신화를 이야기해 주었다. 케이론이 고통에 못 이겨 결국 죽음을 택할 수밖에 없었던 장면을 말할 때 그녀의 눈에 물기가 어렸다. 닫혔던 내 마음이 서서히 열리는 기분이 들었다.

그녀를 집까지 바래다주고 귀가하니 어머니가 눈을 동그랗게 뜨고 내 눈치를 살폈다.

"모과 같아요. 모양에 비해 향기가 좋네요."

어머니는 그게 좋다는 뜻인지 싫다는 뜻인지 짐작을 못해 고개를 갸웃거렸다. 사실 나도 내 마음이 어떻게 흘러갈지 알 수 없었다.

다음날 오후, 귀대하려고 집을 나서는데 어머니가 불러세웠다.

"조금 전 중매인한테서 전화를 받았다. 신부집에서는 신랑감이 마음에 든다고 난리가 났다더라. 한 번 더 만나보고 결정하는 게 좋겠다."

나는 갈등에 빠졌다. 그녀보다 더 훌륭한 신붓감을 만나기 어렵겠지만 솔직히 여성적 매력을 느끼지는 못했다. 내심 신부 측으로부터 거절당하기를 바랐다. 하지만 어머니의 강권에 못 이겨 3주일 후 외박 나오는 날 다시 만나기로 약속했다.

부대에 돌아온 후 나는 곰곰이 생각했다. 어머니의 기세로 보아 내가 그녀와 두 번째 만난다면 결혼을 서두를 것이 분명했다. 마음에 확신도 없는데 결혼이라는 그물에 끌려 들어가기 싫었다. 일단 위기를 모면해야 했다.

외박을 나가기 하루 전, 나는 어머니께 전화를 걸었다.

"갑자기 부대에 비상이 걸려 못 나가게 되었어요."

물론 거짓말이었다. 다음날 나는 외박을 나가 친구 집에서 하루 신세를 졌다. 그러나 말이 씨앗이 된다고, 그 외박을 다녀온 후 나는 제대할 때까지 외박을 나갈 수 없었다. 부대에 정말 비상이 걸렸기 때문이었다. 어머니도 눈치를 챘는지 더 이상 아무 말씀도 하지 않으셨다.

그때 나는 향기의 가치를 이해하기에는 너무 젊었다. 모과보다는 장미에 더 끌리는 시절이었다. 거실에서 건넌방으로 들어서자 짙은 모과 향기가 콧속 깊숙이 스며들었다.

# 뒤늦게 받은 답변

어머니가 외삼촌 병세가 위중해졌다는 소식을 전했다. 슬픔을 억지로 삼키는 듯한 목소리로 보아 남아 있는 시간이 얼마 되지 않은 듯했다. 내겐 특별한 외삼촌이었다. 아직 정신이 맑을 때 쌓였던 이야기를 나누고 싶었다.

그는 가톨릭 신부였다. 넓은 이마, 시원스러운 눈, 우뚝한 코. 어찌 보면 영화배우 '말론 브란도'를 많이 닮았다. 젊은 시절, 여성 신자들 사이에 인기가 높아 어머니는 신부 생활에 지장을 받을까 마음을 졸였다.

대학 학장직에서 은퇴한 후 아프리카 케냐로 갔다. 거기서 성당을 짓고 교민과 원주민을 대상으로 사목 활동을 했다. 그러던 중 난치병인 폐섬유증에 걸렸다. 몇 달 전 귀국하여 교구인 안동에서 치료하다가 증세가 악화되자 서울 종합병원으로 옮겨 온 것이었다.

그날 저녁 늦게 병실을 방문했다. 외삼촌은 코에 산소호흡기를 꽂고 침대에 누워 있었다.

나는 어린 시절부터 외삼촌을 형님처럼 따랐다. 초등학교 시절, 여름방학 때 경북 봉화에 있는 외가에 내려가면 나를 자전거 뒷자리에 태우고 석천계곡에 미역을 감으러 가곤 했다. 돌아오는 길에 근처 밭에 들어가 참외를 하나 슬쩍 따준 적이 있었다. 그때 베어 물었던 참외의 달콤한 맛이 아직 혀끝에 감도는 것 같았다.

"케냐의 넓은 초원을 누비고 다니던 분이 이게 어인 일입니까?"

짐짓 밝은 표정으로 인사를 했다. 나는 외삼촌과 터놓고 대화했고 그도 그런 나를 좋아했다.

"천국이 따로 없어. 편안한 병실에 누워 있으니 여기가 바로 천국이야."

"신부님이 천국을 부인해도 됩니까?"

"아프리카 가기 전에는 천국이 따로 있는 줄 알았는데,

대한민국이 바로 지상 천국이야."

외삼촌이 호탕하게 웃었다. 그 웃음 속에 케냐에서의 어려웠던 생활이 녹아들어 있었다.

그가 케냐로 해외 사목을 떠난다고 했을 때, 나는 만류했다.

"60대 후반에 아프리카까지 가서 고생을 자초하는 것은 종교적 허영심 때문 아닌가요? 그동안 남을 위해 충분히 봉사했으니 이제 여생을 즐기세요. 건강에도 문제가 생길 수 있어요."

내가 걱정했던 것은 결국 현실이 되어 나타났다. 케냐 나이로비는 해발 1,700m에 있는 도시다. 산소가 희박하여 고령자는 적응하기가 쉽지 않다. 폐 세포는 외삼촌이 자각하지 못하는 사이에 서서히 굳어져 갔다. 5년이 지났을 무렵 갑자기 쓰러졌다. 정신은 멀쩡한데 몸이 말을 듣지 않았다. 신자들의 도움을 받아 간신히 귀국했다.

의사는 손쓸 시기를 놓쳐 방법이 없다고 했다. 남은 수명은 길어야 일 년이었다. 외삼촌은 자신의 병세를 남의 이야기하듯 담담하게 말했다. 내가 물었다.

"케냐에 갔던 것을 후회하지 않으세요?"

그는 답변 대신 미소를 지을 뿐이었다. 대화가 길어지자 호흡이 가빠졌다. 기력이 소진되어 말하는 것이 힘들어 보였다. 옆에 있던 간호사가 눈짓을 했다. 나는 병실을 나올 수밖에 없었다.

얼마 후 그는 퇴원하고 안동으로 돌아갔다. 삶의 마지막을 고향에서 맞고 싶어 했다. 임종이 가까워지자 주교로부터 종부성사를 받았다. 프랑스인 주교는 죽음 준비 의식을 유쾌한 분위기로 이끌어 갔다. 그 자리에 함께 있던 사람들은 죽음도 축복일 수 있다는 느낌을 받았다. 폐 기능을 상실한 외삼촌은 한마디도 할 수 없었다. 만면에 미소를 띠며 커다란 박수를 쳤다고 전해 들었다.

그해 늦가을, 외삼촌이 돌아가셨다. 어머니를 모시고 장례를 치르는 안동교구 성당으로 향했다. 교구 모든 신부들이 참석하는 성대한 장례식이었다. 쌀쌀한 바람이 휘도는 성직자 묘지에 그를 묻고 돌아설 때 참았던 눈물이 터져 나왔다.

그는 성직자 이전에 다정다감한 외삼촌이었다. 방황하던 청년 시절 나의 멘토가 되어 주기도 했다. 어느 날 해결되지 않았던 종교적 의문에 대해 답을 구한 적이 있었다.

"구약은 신화와 역사의 기록물, 신약은 복음서 외에는 대부분 바오로 편지 아닌가요? 성경이 하느님 말씀이란 게 도저히 믿어지지 않아요. 종교 자체를 위해 만들어졌다는 느낌이 들어요."

어색한 침묵의 시간이 흘렀다. 한참 후에 외삼촌이 말했다.

"성경은 가슴으로 받아들이는 것이다. 머리로 하는 판단에 얽매이지 마라."

그 대답에 나는 만족할 수 없었다. 이성이 감성을 압도했던 성향 탓이었으리라.

돌아오는 차 안에서 외삼촌의 유작을 펴들었다. 장례식장에서 나누어 준 책이었다. 아프리카에서의 사목 활동이 고스란히 담겨 있었다. 기아, 질병, 범죄, 부패가 난무하는 절망적 상황에서 인간적 무력감에 괴로워한 흔적이 역력하였다.

'국가도 감당할 수 없는 이 가난을 힘이 닿는 대로 할 수 있으면 하고, 없으면 못할 수밖에 없습니다. 하느님 앞에 선행이 아니라 의무임을 느끼게 됩니다.'

외삼촌이 케냐에서 한 신앙고백 내용이었다.

마지막 페이지를 읽는 순간 나는 놀라서 책을 떨어뜨릴 뻔했다. 성경 예레미야서의 한 구절이었다.

'너는 내가 보내면 누구에게나 가야 하고 내가 명령하는 것이면 무엇이나 말해야 한다. 그들 앞에서 두려워하지 마라. 내가 너와 함께 있어 너를 구해 주리라.'

나는 비로소 외삼촌이 케냐에 간 이유를 알 수 있었다. 문병 갔던 날, 내가 했던 어리석은 질문에 대한 대답이 거기에 있었다. 외삼촌은 책을 통해 뒤늦게 답변을 주신 것이었다.

## 빅 브라더, 필Phil

미국 인디애나 주 노터데임대학교 캠퍼스는 아름다웠다. 본관 건물 위에 우뚝 솟아 있는 금빛 돔이 햇빛을 받아 찬란하게 빛났다. 돔 꼭대기 성자상은 오른팔을 앞으로 뻗고 있어 그 앞을 지나가는 사람들을 축복하고 있는 것처럼 보였다. 커다란 호수를 두 개나 품고 있는 캠퍼스는 학교라기보다는 공원 같았다. 가톨릭 영향 때문인지 학교 분위기가 따뜻하면서도 경건했다.

첫 학기 등록을 하는 날이었다. 수강 신청을 마치고 행정실을 나서려는데 직원이 서류를 내밀었다. 결연가정 신청서였다. 나는 결혼했으므로 결연가정이 필요없다고 거절했다. 하지만 그 직원은 외국 학생은 의무사항이라고 단호하게 말했다. 그 서류를 작성할 수밖에 없었다.

학기가 시작되었다. 수업 준비에 정신이 없을 무렵 집으로 전화가 걸려왔다. 젊은 남자의 목소리였다. 자기가 결연가정으로 지정되었다며 상견례 겸 저녁 식사를 함께 하자는 것이었다. 한창 바쁠 때라 내키지는 않았지만 현지 생활 적응에 도움이 될까 하여 초대에 응했다.

약속한 날 저녁, 아내와 함께 '레드 랍스터'라는 해산물 전문식당에 갔다. 고급 식당이라 가난한 유학생 신분에는 들어서기 어려운 곳이었다. 식당 안쪽 깊숙한 자리에 앉아 있던 백인 부부가 우리를 금방 알아보고는 손을 들었다. 그도 그럴 것이 그 많은 손님 중에 동양인이라고는 우리밖에 없었으니까. 인사를 나누고 통성명을 했다.

남편 필Phil은 농구선수라 해도 믿길 정도의 체격이었다. 190cm가 넘는 키에 호리호리하면서도 탄탄한 근육질을 갖추었다. 얼굴은 몸에 비해 작은 편이었는데 안경을 끼고 콧수염을 길렀다. 수염 탓인지 나이가 들어 보였다. 아내인 줄리Julie는 백인 특유의 투명한 피부에 키가 훤칠한 미인이었다. 금발에 가까운 풍성한 갈색 머리카락이 인상적이었다. 그녀의 푸른빛 눈동자를 바라보고 있으면 물속으로 빨려드는 듯한 느낌이 들었다.

연상으로 보였던 필은 나보다 두 살 아래였다. 형과 아우로 지내기로 했다. 이국에서 듬직한 동생을 갖게 되어 든든했으나, 한편 의지가 될 만한 삼촌 같은 사람을 기대하고 있었는데 아쉽기도 했다. 경제적 여유도 그리 있을 것 같지 않아 이 비싼 식당에서 '더치페이'를 하자고 하면 어떻게 하나 하고 걱정했다.

그 부부는 쾌활했고 유머가 넘쳤다. 어색했던 분위기도 잠시, 대화가 끊임없이 이어졌다. 필은 주말에 갈 지역 답사 계획을 수첩에 깨알같이 적어 왔다. 지도까지 가져와 붉은 볼펜으로 표시를 해가며 열심히 설명했다. 동물원, 아미쉬 마을, 쇼핑몰은 물론 벼룩시장이 열리는 장소까지 알려 주었다. 진심으로 우리 가족을 돕고 싶어 하는 마음이 묻어나왔다.

알고 보니 필은 바로 그 식당의 매니저였다. 자기가 초대한 손님은 할인 가격으로 대접할 수 있으며 그날 식사 비용은 자기가 부담한다고 했다. 덕분에 그 호사스러운 음식을 마음껏 즐길 수 있었다. 아내는 오랜만에 먹어

보는 랍스터, 크랩, 조개 요리에 감동한 듯 눈물까지 글썽였다. 그는 나를 할인 고객 리스트에 올려놓을 테니 자주 이용하라고 했다. 그리고 결연가정으로서 언제든지 무슨 일이든 돕겠다고 약속했다.

우리 부부는 학교 인근 아파트 3층에 월세로 살고 있었다. 어느 날 아침, 1층 주차장에 내려와 보니 내 중고 올즈모빌 승용차 앞 유리창에 빨간 페인트가 잔뜩 뿌려져 있었다. 시야를 가릴 정도였다. 미국에 유색 인종에 대한 적대 행위가 많다는 이야기를 들은 적은 있지만 막상 당하고 보니 분노가 치밀어 올랐다. 시너를 뿌리고 닦아 내면서 도대체 누가 이따위 짓을 저질렀을까 추리해 보았다.

머리에 떠오르는 사람이 있었다. 같은 아파트 2층에 사는 고릴라 같은 백인이었다. 그는 낮에도 술에 취해 시뻘건 얼굴을 하고 다녔다. 간혹 계단에서 마주칠 때면 인상을 쓰며 가운뎃손가락을 치켜들었다. 몇 번이나 못 본 체하고 지나쳤다.

이젠 나를 얕보고 도발의 강도를 높이는 것 같았다. 이번에도 그냥 넘기면 더 큰 횡포를 저지를 수 있겠다는 걱정이 들었다. 혼자 힘으로는 감당하기 어려웠다. 고심 끝에 필에게 전화를 걸어 도움을 청했다. 그는 마침 다음날이 비번이니 저녁 무렵 들르겠다고 말했다.

다음날 저녁, 필 부부가 우리 집에 왔다. 문을 열어 줄 때 필을 보고 깜짝 놀랐다. 마피아 킬러 한 사람이 들어서는 것 같았다. 평소 입던 정장 차림이 아니었다. 빛바랜 청바지, 흑갈색 가죽점퍼, 흉측한 군화, 손가락 없는 가죽장갑. 평소 끼고 다니던 안경까지 벗으니 눈매가 매서웠다.

그는 전투를 앞둔 병사처럼 긴장한 모습이었다. 가라앉은 목소리로 자신의 작전을 설명했다.

“일단 무력시위로 겁을 먹게 할 작정이야. 양아치 같은 녀석에게는 효과적인 방법이지. 총을 가지고 있을까 걱정되지만 감히 사용할 수는 없을 거야.”

필이 나를 도우려고 이렇게까지 큰 위험을 감수할 줄은 몰랐다.

‘2층 녀석도 보통 체구가 아닌데, 필이 이길 수 있을까?’

가슴이 떨리고 다리가 후들거렸다.

2층으로 내려가 고릴라의 아파트 문을 세차게 두드렸다. 내 등 뒤에 서 있는 필이 거대한 산 같았다. 녀석은 역시 술에 취해 있었다. 불쾌해진 얼굴로 문을 열다가 나를 알아보고는, 아니 필을 보고는 멈칫했다. 필이 그의 눈을 말없이 쏘아보았다. 순간 그의 몸이 떨리는 것 같았다. 그는 필의 눈길을 피했다. 우리는 당당히 거실로 들어가 소파에 앉았다.

고릴라는 첫 일합에서 낭자한 피를 뿌리고 쓰러진 사무라이 꼴이었다. 첫 대면에서 서슬 퍼런 필의 기세에 주눅이 들었다. 필이 사실을 날카롭게 추궁했다. 그는 잠시 주저하더니 자기가 페인트를 뿌렸노라고 순순히 자백했다. 내 눈치를 살피며 앞으로 그런 짓은 하지 않겠노라고 약속했다. 그가 그렇게 쉽사리 백기를 들 줄은 예상하지 못했다.

우리 집으로 올라와 승리의 축배를 들었다. 어떤 말로도 필에게 감사의 마음을 표현하기 어려웠다. 그의 손을 오랫동안 잡고 있었다. 체온이 교차하면서 내 손이 따뜻해졌다. 우리는 손과 손으로 마음을 통하고 있었다.

나는 아직 흥분이 가시지 않아 말을 더듬었다.

“그가 겁먹지 않고…, 싸움을 벌였으면…, 이길 자신 있었어?”

“살다 보면 어쩔 수 없이 싸워야 할 때가 있어. 도망치면 계속 괴롭힘을 당해. 질 때 지더라도 용기를 보여 주면 적어도 무시당하지는 않아.”

그동안의 내 행동을 본 듯한 말투여서 가슴이 따끔거렸다. 그때 필이 안도의 한숨을 내쉬었다.

“나도 떨렸어. 내 작전이 통해 정말 다행이었어.”

순간 필이 삼촌 같은 빅 브라더의 모습으로 내게 다가왔다.

# 까매진 얼굴

2000년 4월 7일 새벽, 동해안 지역 최북단 고성군에서 산불이 발생했다. 산불은 강풍을 타고 강릉시와 동해시를 거쳐 강원도 최남단 삼척시까지 번졌다. 강원도 행정부지사였던 내가 초기 단계에 진화작전을 지휘하게 되었다.

삼척시 산불 현장으로 가는 7번 국도 주변은 온통 시뻘건 불바다였다. 빠른 속도로 번져 가던 불길이 어느새 우리 앞 도로를 점령해 버렸다. 지프차가 통로를 찾지 못해 우왕좌왕하다가 불의 포위망에 갇혔다. 하늘에서는 불붙은 솔방울이 송진을 내뿜으며 총알처럼 날아다녔다. 눈앞에 있던 소나무 한 그루가 불길에 휩싸이더니 섬광을 내뿜으며 폭발하듯 쓰러졌다.

우리 일행 네 명은 자욱한 연기 속에 파묻혔다. 눈물이 흐르고 기침이 나와 손수건에 물을 묻혀 입과 코를 막았다. 통로가 다시 열릴 때까지 기다릴 수밖에 없었다. 모두들 얼굴이 창백해지고 말을 잃었다. 몇 달 전 부지사로 부임해 산불을 처음 겪어 보는 나도 예외는 아니었다. 공포심이 벌레처럼 몸속을 기어다니고 있었다.

문득 나까지 두려움에 휘말려서는 안 된다는 생각이 들었다. 부하들 앞에서 여유를 보이는 시늉이라도 해야 했다. 썰렁한 농담 한마디를 던졌다.

"여기서 목숨을 잃어도 순직으로 처리되니 가족 걱정은 안 해도 됩니다."

일행 사이에 가벼운 웃음이 일었다. 불현듯 비감해지며 아랫배 깊숙한 곳에서 용기가 솟아올랐다. 때마침 바람이 잦아들었다. 불길이 약해진 틈을 찾아 간신히 포위망을 뚫었다.

삼척시 산불지휘소에 도착했다. 소방용 헬기를 타고 날아올라 불의 중심 부분인 화두火頭를 관찰했다. 산불은 정상 부근에서 바람을 타고 커다란 타원형 모양을 그리며 엄청난 기세로 뻗어 나가고 있었다.

그때 헬기가 공중에서 10m가량 툭 떨어졌다. 불길에 가까이 접근했다가 상승기류에 휘말렸기 때문이었다. 나는 정신이 혼미해져 있는데 정작 조종사는 침착했다. 산불 진화 중 흔히 발생하는 일이라고 안심시켰다.  애국자가 따로 없다는 생각이 들었다.

밤이 되었다. 산불은 바다 쪽으로 부는 육풍陸風을 타고 위세가 더욱 당당해졌다. 빨간 혓바닥을 탐욕스럽게 날름거리며 시가지를 삼켜 버릴 듯 으르렁거렸다. 지휘소에서 지켜보고 있는 사람들의 얼굴이 붉게 물들었다.

다음날 새벽, 소방본부장이 산불을 끄고 있는 현장을 방문했다. 그는 해변 마을로 옮겨 붙은 화재와의 격렬한 싸움을 막 끝냈다. 여기저기서 소방대원들이 잔불을 정리하고 있었다. 다행히 가옥 몇 채의 피해를 제외하고는 마을을 온전히 보전했다. 다른 화재 현장으로 가기 위해 간부들과 회의를 하고 있는 그의 모습은 비장해 보였다.

가까이 다가가자 소방본부장은 나를 알아보고 거수경례를 붙였다. 상황판을 들고 와서 현황 보고를 시작했다. 이틀째 밤을 새웠다는 그의 뺨에는 미처 닦지 못한 검댕이 묻어 있었다.

“얼굴이 왜 그리 까매요?”

“제가 앞장서지 않으면 누가 불길 속으로 따라오겠습니까? 젊은 부하들보다 차라리 제가 사고를 당하는 편이 낫지요.”

그는 1,000명이 넘는 강원도 소방공무원의 최고 책임자였다. 나는 그가 후방에서 명령만 내리는 것으로 생각했다. 그런데 진화를 지휘하는 한편 직할 소방대를 이끌고 긴급한 현장을 찾아 직접 불을 끄고 있었다. 부하들을 전선으로 내보내고 후방에 남아 있는 장수는 결코 전투에서 승리할 수 없다는 사실을 알고 있는 것 같았다.

결국 이 산불은 산림 면적 23,794헥타르를 태우고 8일 만에 진화되었다. 여의도 면적 28배나 되는 산림이 초토화된 셈이었다. 해방 이후 우리나라 최대의 산불로 기록되었다.

나는 산불 진화 과정에서 소방공무원들이 보여 준 투철한 사명감과 뜨거운 동료애에 깊은 감동을 받았다. 부지사로 재직하는 동안 소방행정에 관심을 갖고 소방공무원들의 사기를 올리기 위해 최선을 다했다.

그 후 동해안 지역을 여행할 때면 그때의 산불 현장을 유심히 살펴보는 습관이 생겼다. 자연의 복원력은 정말 놀라웠다. 몇 년 지나자 산림에 남아 있던 화재의 흔적은 대부분 사라졌다. 나의 생생한 기억이 아니었더라면 화재 현장을 단 한 곳도 찾아내지 못했을 것이다.

어느 날 가까스로 찾아낸 산불 현장에서 추억에 잠겨 있었다. 문득 검댕이 잔뜩 묻어 까매진 소방본부장 얼굴이 떠올랐다. 어제 본 영화의 주인공처럼 선명했다.

산천은 의구한데 인걸은 간 곳이 없었다.

# 의사라는 직업

그날도 운전대를 잡자마자 라디오를 켰다. 고마운 사람에게 음악을 선물하는 방송이 나왔다.

"김○○ 선생님께 보내는 사연입니다."

아는 이름이었다. 하지만 워낙 평범한 이름이라 동명이인이려니 생각했다. 사연을 들어보니 내 친구 이야기였다.

강원도에 근무할 때 소방공무원들이 모금을 하고 있다는 소식을 들었다. 강릉시에 근무하는 한 소방공무원의 여고생 딸이 '재생불량성 빈혈'로 투병하고 있다는 것이었다. 치료비가 엄청나서 공무원 봉급으로는 감당하기 어렵다고 했다. 소방공무원들의 진한 동료애를 지켜본 적이 있기에 나도 도움을 주고 싶었다.

대학병원 혈액종양내과 과장으로 있는 친구에게 전화를 걸었다. 그는 '재생불량성 빈혈' 치료법은 골수이식밖에 없다고 했다. 시기를 놓치면 생명이 위태로울 수 있으니 서둘러야 한다고 경고했다. 나는 환자의 어려운 사정을 설명했다. 잠시 침묵하던 친구가 대답했다.

"환자를 내게 보내 주면 어떻게든 치료해 보겠네."

나는 그 소방공무원에게 전화를 걸었다. 한 번도 만난 적이 없는 사이였다. 그는 내 관심이 고마웠는지 흔쾌히 자신의 딸을 친구 병원에 보냈다.

환자가 입원한 후 친구로부터 전화를 받았다. 수술 비용을 대줄 후원자를 찾았다는 것이었다. 평소 어려운 사람을 도와주는 중소기업 사장이라고 했다. 별일 아닌 듯 말했지만 친구가 적극 수소문한 것이 분명했다.

"아직도 그런 천사 같은 사람이 남아 있네."

"궁하면 통하는 법이라네."

친구가 껄껄 웃었다.

어려운 치료 과정이 시작되었다. 먼저 환자에 맞는 골수를 구해야 했다. 가족과 국내 기증자 중에는 맞는 골수가 없었다. 친구는 국제 네트워크를 통해 대만에서 겨우 맞는 골수를 찾았다. 그리고 그 골수를 기증받아 수술을 했다.

얼마 후 친구가 결과를 알려왔다.

"1차 수술은 실패했어. 다시 한번 시도해야 하네."

가라앉은 목소리였다. 복잡한 감정이 교차했다. 남을 도우려다가 도리어 원망을 듣게 생겼다. 환자 아버지의 불평하는 목소리가 들리는 듯했다. 친구가 골수이식 수술은 성공률이 높지 않아 몇 번 시도해야 한다고 했지만 변명같이 들렸다.

친구가 두 번째 수술을 준비했다. 일 년이 넘는 기간이 걸렸다. 환자 가족도 초조했겠지만 중간 역할을 한 내 가슴도 타들어 갔다. 다행히 두 번째 수술 결과는 좋았다. 대만인 골수가 환자 몸속에 안착하여 기능을 발휘하기 시작했다.

그녀는 서서히 회복되어 새로운 인생을 다시 얻게 되었다. 고등학교를 졸업하고 대학에 진학했다. 대학 졸업 후에는 사랑하는 사람을 만나 결혼까지 했다. 내가 승용

차 안에서 라디오를 통해 알게 된 사연이었다. 그녀는 십 년이 넘는 그때까지 고마움을 잊지 않고 있었다.

골수이식을 받은 여성은 완쾌했다 하더라도 임신을 하지 못할 가능성이 높다고 한다. 하지만 그녀가 결혼 후 건강한 아이를 낳았다는 이야기를 나중에 전해 들었다.

나는 의사라는 직업을 그리 탐탁지 않게 여겼다. 생활은 안정되겠지만 평생 환자와 씨름하여야 하니 못할 짓이라고 생각했다. 의사 친구 하나는 남의 병 치료하는데 몰두하다가 자기 건강을 살피지 못해 이른 나이에 세상을 떠났다. 언론에서 의사의 비리를 보도할 때마다 히포크라테스 선서까지 한 그들이 어찌 기본 양심마저 저버릴 수 있는가 하고 앞장서 비판했다.

그러나 친구가 그녀를 치료하는 과정을 가까이에서 지켜보고 나서 생각이 바뀌었다. 역시 의술醫術은 인술仁術이었다. 나아가 의술은 생명을 살리는 신술神術이 될 수도 있다는 사실을 알았다.

의사가 살린 생명이 다시 새로운 생명으로 이어지는 것을 보면서 경외감을 느낀다.

# 부드러움이 나를 이끈다

내 고향은 경북 의성이다. 그곳에는 아직 선비문화가 살아 숨쉬고 있다. 학봉 김성일이 의성 출신이고 퇴계 이황은 이웃 안동 출신이다. 어려서부터 집안 어른들로부터 유교 교육을 받고 자랐다.

유교 특징 중 하나가 남존여비 사상이다. 집안 행사에서 여성은 철저히 남성을 보조하는 역할에 머물렀다. 제사를 지낼 때도 음식을 준비할 뿐 참여는 제한되었다. 어쩌다 참여가 허용되더라도 여성은 남자 아이보다도 뒷줄에 서야 했다. 어린 시절, 제사 지낼 때 어머니가 나보다 훨씬 뒤에 서 계신 것을 보고 의아하게 생각했다. 제사를 마치고 음복할 때도 여성은 남성이 남긴 음식을 먹어야 했다.

이러한 분위기에 젖다 보니 여성이 앞장서 행동하는 것을 보면 눈살이 찌푸려졌다. 여성은 남성의 뜻에 다소곳이 따르는 것이 미덕이라고 생각했다.

초등학교 6학년 때 일이었다. 우리 반에 공부 잘하는 여학생이 있었다. 선생님이 질문을 하면 제일 먼저 손을 들고 또렷한 목소리로 대답했다. 나는 그것이 눈에 거슬렸다. 선생님 칭찬을 독차지하고 있는 것도 샘이 났다.

어느 날 그 여학생을 화장실 뒤쪽으로 불렀다. 그녀는 순순히 내 뒤를 따라왔다. 마침 주변에는 아무도 없었다. 나는 험상궂은 표정을 지으며 말했다.

"'암탉이 울면 집안 망한다'는 말 들어본 적 있니?"

집안 어른들이 흔히 인용하는 속담이었다. 그녀는 눈을 동그랗게 뜨고 무슨 뜻인지 한참 생각하고 있는 것 같았다. 나는 참지 못해 그녀 턱 밑에 주먹을 들이댔다.

"앞으로 별것 아닌 것 가지고 아는 체하면 혼날 줄 알아."

그때서야 그녀가 내 말을 알아들었다. 그녀 눈에 눈물

이 고였다. 내 말은 당장 효과가 있는 것 같았다. 다음날부터 그녀는 수업 시간에 좀처럼 손을 들지 않았다.

어느 날 수업을 마치고 교실을 나오는데 웬 아줌마가 나를 기다리고 있었다. 이름을 확인하더니 다짜고짜 내 팔목을 움켜쥐고 복도 한구석으로 끌고 갔다. 그녀 어머니였다.

"우리 애가 며칠째 밥도 안 먹고 울더니 어제야 네 이야기를 하더구나."

그녀는 딸만 다섯 있는 집안의 장녀였다. 똑똑하고 공부도 잘해 집안의 귀여움을 독차지하고 있었다. 부모도 기대를 걸고 명문 여중에 보내려고 열심히 뒷바라지를 하는 중이었다. 그런 딸을 내가 도발했으니 집안에 비상이 걸린 것은 당연했다.

나는 내가 틀린 말을 했다고는 생각하지 않았다. 집안 어른들한테 배운 대로 말하고 행동했으니까. 그러나 그녀가 며칠째 울었다는 사실에 마음이 약해졌다.

"저는 울릴 생각은 없었는데, 어쨌든 잘못했어요."

아줌마는 마음이 누그러졌는지 나를 보내 주었다. 그리고 내 뒤통수에 대고 한마디 날렸다.

"나는 너 같은 아들 열이 와도 내 딸 하나하고 바꾸지 않는다."

그 말은 내 자부심에 상처를 주었다. 아들이 없는 집은 아들을 부러워하는 줄 알았다. 난생처음 집안 어른들로부터 받은 교육에 대한 회의가 싹텄다.

대학 시절, 인문학 동아리 활동을 했다. 조그맣고 가냘파 보이는 여학생이 부회장으로 뽑혔다. 그녀가 역할을 제대로 할 수 있을까 은근히 걱정되었다. 하지만 오래지 않아 그녀의 진면목을 확인할 수 있었다.

20명이 넘는 동아리 회원들이 야외 활동을 나갔다. 점심 식사를 마치고 나니 설거짓거리가 산더미처럼 쌓였다. 엄두가 나지 않아 서로 눈치만 보고 있었다.

여학생 부회장이 선뜻 일어섰다. 아무 말 없이 기름기가 눌어붙은 지저분한 냄비를 찾아 들었다. 풀을 한 움큼 뜯더니 냄비 바닥을 문지르기 시작했다. 연약한 손을 서슴없이 구정물에 담고 있으니 남자라고 보고만 있을 수 없었다. 모두들 식기를 나누어 들고 신나게 닦았다.

그녀는 회원들에게 지시하는 법이 없었다. 남들이 꺼리는 일을 스스로 맡아 솔선수범했다. 그녀가 모임에 빠질 때면 모임이 겉도는 듯한 느낌을 받았다. 남자 회장이 있었지만 실질적 리더는 그녀라는 생각이 들었다. 그녀를 통해 나는 비로소 여성에 대한 편견에서 벗어날 수 있었다.

나는 요즘 네 살짜리 손녀에게 이리저리 이끌려 다닌다. 손녀가 내가 가장 아끼는 달항아리를 깨뜨린다 하더라도 그저 바라보고만 있을 것 같다.

'영원히 여성적인 것이 우리를 이끈다'라는 말이 있다. 그렇다. 부드러움이 나를 이끌고, 나는 그것에 저항할 수 없다.

# 친구 어깨 위에 앉은 햇살

눈을 떴다. 어둠 속에 보이는 장미 문양의 벽지가 낯설었다. 등을 받쳐 주는 침대 쿠션의 감촉도 생경했다.

'여기가 어디지?'

아직 잠이 덜 깨었는지 머리가 혼란스러웠다. 일어나 앉아 목을 천천히 좌우로 돌렸다. 그때서야 전날 오후 늦게 캐나다 에드먼턴에 도착한 사실이 기억났다. 시계를 보니 오전 5시가 조금 넘은 시각. 내가 잔 곳은 반지하층에 있는 게스트 룸이었다. 방 앞에 있는 화장실에 들렀다가 물을 마시러 1층으로 올라갔다. 그곳에는 널찍한 거실과 주방이 있었다.

오월 새벽의 푸르스름한 어둠이 걷히고 있었다. 한 남자가 거실 소파에 앉아 커피잔을 앞에 두고 텔레비전을 보고 있었다. 반백의 스포츠머리, 좁은 어깨, 마른 체형. 실루엣만으로도 K인 줄 알 수 있었다. 하기야 그 집에는 그 친구 부부만 살고 있으니 남자라면 K가 아닐 수 없을 터. 나는 냉장고를 열고 물병을 꺼냈다. 그리고 싱크대 옆에서 유리잔을 찾아 들고 친구 옆에 가서 앉았다.

"일찍 일어났네. 시차 때문에 피곤할 거야. 커피 한 잔 뽑아 줄게."

그가 주방으로 가더니 머그컵에 커피를 가득 담아들고 왔다. 행동 하나하나에 여유가 스며들어 있었다. 미국이나 캐나다에 이민 가서 중산층으로 자리 잡은 교민에게서 느낄 수 있는 분위기라고나 할까.

함께 커피를 마시고 있으려니 30여 년 전 일이 생각났다. 나는 그때 갓 결혼하고 미국 인디애나 주에 유학을 가 있었다. 여름방학을 맞아 아내와 미국 동부지역 여행을 계획했다. 주머니가 가벼운 처지라 경비를 절약해야 했다. 여행할 지역에 사는 친구와 지인을 수소문해서 하룻밤 신세 질 만한 집을 찾았다.

나이아가라 폭포 근처에 누가 없을까 하고 생각하다가 K가 떠올랐다. 어렸을 적 이웃에 살던 친구였다. 나보다 두 살 더 많았는데 친구처럼 지냈다. 체구도 비슷한 편이었지만 형제가 없는 그에게는 친구처럼 지낼 또래가 필요했는지도 모른다. 그의 집 이층에는 사탕공장이 있었다. 아버지 몰래 사탕을 주머니에 가득 넣어 와서 내게 한 움큼씩 쥐어 주곤 했다. 초등학교 시절에는 거의 붙어다녔다.

그는 내가 유학 가기 일 년 전 캐나다에 이민 가서 토론토에 살고 있었다. 전화 속 K의 목소리는 반가움으로 들떠 있었다. 자기 집에 와서 며칠 묵어가라고 신신당부했다.

인디애나 주 사우스벤드에서 출발해 디트로이트를 거쳐 캐나다 국경을 넘었다. 캐나다 쪽 고속도로는 미국보다 차량이 붐비지 않아 좋았다. 쉬지 않고 8시간 이상 달려 토론토에 도착했다.

K가 가르쳐 준 주소로 찾아가면서 슬슬 불안한 마음이 들기 시작했다. 깨끗한 주택가를 지나더니 허름한 빈민가 쪽으로 들어서는 것이 아닌가. 그것도 아주 깊숙한

곳에서 친구 아파트를 찾았다. 그의 집은 임대료가 가장 저렴해 보이는 지하 1층에 있었다.

초인종을 눌렀다. K가 기다렸다는 듯 문을 활짝 열고 나를 반겼다. 어깨를 끌어안더니 눈물까지 글썽였다. 낯선 땅에 와서 외롭게 지내다가 나를 만나니 설움이 북받친 것 같았다. 거실로 들어섰다. 그의 아내가 소파에서 어린아이를 안고 일어섰다. 화장기가 전혀 없는 부스스한 얼굴이었다. 그녀 얼굴에서 신산한 이민 생활을 읽을 수 있었다. 아이는 돌이 좀 지난 것 같았다. 감기에 걸렸는지 누런 콧물을 흘리고 있었다. 카펫도 깔지 않은 맨바닥에서 뛰어놀던 서너 살쯤 되어 보이는 남자 아이가 호기심 어린 눈으로 우리 부부를 쳐다보았다.

첫눈에 우리가 신세를 질 집이 아니라는 생각이 들었다. 아내 얼굴이 어두워졌다. 그리고 내게 눈짓을 했다. 차라리 근처 모텔로 가는 것이 좋겠다는 신호였다. K는 이런 사정인데 왜 자기 집에 묵어가라고 했을까? 고마운 마음보다는 원망스러운 마음이 앞섰다.

친구 아내는 어린아이를 K에게 맡기고 주방으로 들어갔다. 저녁을 준비하는 눈치였다. 우리 부부는 속이다 드러난 소파에 앉아 엉거주춤 기다릴 수밖에 없었다. K가 이민 와서 겪었던 고생담을 풀어놓기 시작했다. 쌓인 한이 많은 것 같았다. 나는 이야기에 귀를 기울이기보다는 이 상황에서 어떻게 빨리 벗어날 수 있을까 고심했다. 머릿속에서 온갖 생각들이 오고 갔다.

'하룻밤도 묵지 않고 그냥 떠난다면 K가 얼마나 마음이 상할까.'

나는 잠깐 산책을 하고 오겠다고 말하고 아내와 거리로 나왔다. 아내는 잠자리가 편안하지 않은 곳에서는 잠을 제대로 이루지 못했다.

"이민 생활에 지쳐 있는 친구를 하루라도 위로하고 갑시다."

아내는 내 마음을 이해해 주었다.

친구 집에 돌아와 소박하지만 정성이 듬뿍 담긴 저녁상을 받았다. 샐러드, 생선구이, 잡채, 소시지볶음, 된장찌개. K는 오랜만에 아내가 솜씨를 발휘했다고 기뻐했다. 친구 아내는 하나밖에 없는 침실을 우리에게 내어주려고 했다. 가족들은 거실에 담요를 깔고 자면 된다고 하면서. 나는 단호하게 거절했다.

"아이가 감기에 걸렸는데 말도 안 되는 소리 하지 마세요."

대화가 끊임없이 이어져 자정이 되어서야 거실 바닥 담요 위에 누웠다. 얇은 담요를 통해 맨바닥의 냉기가 고스란히 전해졌다. 여름철인 게 다행이었다.

나는 옆에 누워 있는 아내 손을 꼭 잡았다. 얼마 지나지 않아 아내의 숨소리가 평온해졌다. 하루 종일 차를 타고 오느라 무척 피곤했으리라. 나도 어느새 잠에 곯아떨어졌다. 새벽 무렵 잠결에 초인종 소리를 들었다. 현관문이 조심스럽게 열리더니 누군가 밖으로 나가 두런두런 이야기하는 소리가 들렸다.

아침에 느지막이 일어나 친구 아내가 만들어 준 샌드위치를 먹었다. K가 보이지 않았다. 그는 오전 11시가 넘어서 귀가했다. 새벽에 갓 이민 온 한국 사람들과 함께 온타리오 호반에 가서 지렁이를 잡고 돌아온 것이었다. 지렁이는 말려서 립스틱 원료로 쓰는데 온타리오 지렁이는 품질이 좋아 값을 꽤 받는다고 했다. 직업이 없는 그에게 그것이 주 수입원이었다. 가슴에 싸한 바람이 스치고 지나가며 목이 메었다.

늦은 오후 그의 가족 네 명을 데리고 가까운 한인 식당으로 갔다. 메뉴를 보고 이것저것 시켜 푸짐하게 먹였다. 나이아가라 폭포를 향해 떠나면서 그의 손에 200불을 쥐여 주었다. 내가 살던 학교 아파트 월세보다 더 많은 돈이었다. 꼭 필요한 여행 경비를 제외하고 주머니를 턴 것이었다. K는 눈물을 글썽이며 연신 미안하다고 말했다. 나는 그의 등을 두드려 주었다.

그리고 20년이 흘렀다. K가 이민 간 후 처음으로 귀국했다. 그는 재산가가 되어 있었다. 꾀죄죄하던 모습은 사라지고 얼굴이 활짝 피었다. 돈이 사람을 그렇게 바꿀 수 있는지 경이로웠다. 그의 성실함이 기회를 잡은 것이었다. 그는 토론토에서 앨버타 주 작은 도시로 이사 가서 편의점을 열었다. 얼마 지나지 않아 오일 쇼크가 왔다. 유가가 급등하면서 앨버타 주의 '오일 샌드'가 대박을 터뜨렸다. 사람들이 그 도시로 엄청나게 몰려들었다. 편의점은 물건이 없어 못 팔 정도로 호황을 이어갔다. 그는 수익금으로 편의점 숫자를 늘려 나갔다. 그렇게 번 돈으로 다시 주유소와 환경재생사업에 투자했고, 몇 년 사이에 큰돈을 벌었다. 그는 백만장자 대열에 들어선 교민이 되어 있었다.

K는 몇 해 전 사업을 정리하고 현역에서 은퇴했다. 한때 할리데이비슨 오토바이에 빠져 지내다가 동호인이 사고로 목숨을 잃는 것을 보고 취미를 접었다. 이제는 여행과 골프를 하며 소일하고 있다고 했다. 나더러 자기 집에 와서 한 달만 골프를 같이 치자고 하도 강권해서 에드먼턴에 오게 된 것이었다.

사람과 사람 사이의 인연은 묘하다. 끊어질 듯 끊어지지 않는 관계가 있다. K와 나는 공통점이 거의 없다. 나이도 다르고 학교 동창도 아니며 그렇다고 자주 만난 것도 아니다. 그저 오랜 세월 끈끈한 정으로 이어져 있을 뿐이다. 그러나 정이라는 게 무언지 용광로같이 모든 불순물을 순식간에 녹여 버린다.

아침 식사를 마치고 나자 K가 서둘렀다.

"오늘은 첫날이니 좀 일찍 가서 연습장에서 몸을 풀고 필드에 나가자."

K가 내 골프채까지 들고 차고로 향했다. 나는 친구 뒤를 따라 나섰다. 앞서가는 친구 어깨 위에 눈부신 아침 햇살이 앉아 있었다.

# 운수 좋은 사람

대학 동문 바둑대회가 있는 날이었다. 대회 장소에 도착하니 많은 사람이 와 있었다. 어림짐작으로 300명은 넘어 보였다. 농업생명과학대학 건물 3층 넓은 홀에는 바둑판들이 탁자 위에 가지런히 놓여 있었다. 바둑을 좋아하는 사람이 이러한 분위기를 접하면 피가 끓어오른다. 승부사 기질이 발동하는 것이다. 나는 속으로 다짐했다.

'올해는 기필코 우승하리라.'

바둑대회 개인전은 7개 조로 구성되어 있었다. 최강자조, 그리고 A조에서 F조까지. 나는 C조 선수로 출전했다. 사실 내 바둑 실력으로 보면 너무 하향 지원한 것이었다. 최강자조엔 못 미친다 하더라도 A조나 B조로 나와야 하는데 우승에 대한 욕심으로 한 단계 더 낮추었다. 어차피 각 조의 우승 상품은 동일하니까 손해 볼 것도 없었다. 이번에 우승하면 내년에는 B조로 옮길 생각이었다.

나는 이 대회에 세 번째 참가하고 있었다. 대회 소식을 전해 듣고 2년 전 처음 참가하였다가 우승 직전에 좌절되어 3등에 머물고 말았다. C조로 하향 지원했는데도 우승을 하지 못해 자존심에 상처를 받았다. 한때 직장바둑대회 대표 선수로까지 활약했는데, 세월 따라 아무리 실력이 줄었다기로서니 그 결과를 받아들이기 어려웠다.

작년에도 잘 나가다가 1패를 당하는 바람에 3등에 머물렀다. 나는 약이 오를 대로 올라 있는 상태였다. C조에서도 우승 한번 못하면 이제 바둑을 그만두어야 하지 않겠나 하는 생각까지 들었다. 올해는 이 대회 몇 주 전부터 실전 대국을 여러 차례 하면서 바둑 감각을 유지하려고 애를 썼다.

오전 10시, 커다란 징소리가 울려 퍼졌다. 대회 시작을 알리는 신호였다. 첫 대국 상대는 나보다 학번이 3년 빠른 선배였다. 내가 흑을 잡게 되었다. 초반에 우하 귀에서 벌어진 접전에서 내가 유리한 형세를 잡게 되었다. 바둑은 진행될수록 격차가 점점 더 벌어졌다. 선배는 수를 생각하다 말고 나를 빤히 쳐다보곤 했다.

'C조로 나온 선수의 바둑이 왜 이리 강해. 급수를 속인 것 아니야?'

무언의 말을 건네고 있는 것 같았다. 나는 슬며시 시선을 피했다. 그 선배는 종반에 이르기 전에 돌을 던졌다. 다행히도 웃으며 승리를 축하해 주었다. 두 번째 바둑도 가볍게 승리했다.

점심시간이 되어 5층에 있는 식당으로 향했다. 그곳에서 마침 옛 직장 선배를 만났다. 그는 일흔이 넘었는데도 오랫동안 국선도를 수행한 덕분인지 에너지가 넘쳐흘렀다. 반갑게 인사를 나누고 같은 자리에 앉았다. 같이 근무하던 시절, 그도 바둑을 꽤 좋아해서 여러 차례 대국을 한 적 있었다. 나에게는 3점 정도 놓아야 하는 실력이었다. 그가 물었다.

"A조나 B조로 나왔지요?"

"아니, 우승 한번 해 보려고 C조로 나왔어요."

그가 입을 벌리며 놀란 표정을 지었다.

"그건 너무하네. 나도 D조로 나왔는데."

나는 쑥스럽게 웃을 수밖에 없었다.

오후 대국이 시작되었다. 한 판을 더 이겨 3연승이 되었다. 바둑대회는 스위스 리그 방식을 채택해 승자는 승자끼리 대국하도록 되어 있었다. 네 번째 판에서는 같이 3연승을 한 상대와 맞붙게 되었다. 나보다 18년 후배였다.

포석을 하다가 나보다 하수려니 하고 꼬임수를 던졌다. 그가 잠시 생각하더니 급소를 치고 들어왔다. 그때 나는 느꼈다. 상대가 적어도 나와 비슷하거나 그 이상의 실력을 가진 자라는 것을. 바둑은 일진일퇴의 공방을 벌였다. 그러나 초반에 급소를 얻어맞고 뒤처진 형세를 끝내 만회하기는 힘들었다. 바둑은 나의 패배로 끝났다.

올해도 우승은 멀어졌다. 아쉬움은 컸지만 하향 지원한 사람이 또 있다는 사실에 위안이 되었다. 마지막 판에서 무난히 승리를 거두어 4승1패의 전적으로 다시 3등을 했다. 우승은 못했지만 내년에는 B조로 출전해서 눈치보지 않고 마음 편하게 대국해야겠다고 결심했다.

바둑대회가 끝나고 시상식이 있었다. 직장 선배와 앞 좌석에 앉아 시상식을 구경했다. 선배는 2승3패의 성적을 거두어 아무 상도 받지 못하게 되었다고 3등상을 받은 나를 부러워했다. 상은 5만 원짜리 백화점 상품권이었다. 나는 우승을 하려고 나왔는데 3등을 하게 되어 심드렁해졌다. 내가 받은 상품권을 선배에게 건넸다.

"저는 작년에도 3등상을 받았으니 선배께 드릴게요. 집에 가서 형수님께 바둑대회에서 3등상 받았다고 자랑하세요."

선배는 말이 되는 소리냐고 사양하다가 계속 권하자 마지못해 받아들였다. 나에게 그리 명예롭지 못한 상이 다른 사람에게는 명예로울 수도 있겠다는 생각이 들어 기분이 한결 나아졌다.

시상식에 이어 행운권 추첨이 있었다. 대학 동창회에서 행운권 상품을 푸짐하게 내어 놓았다. 주방기기, 가전제품과 컴퓨터까지 있었다. 1등 상품은 동창회장이 기증한 것으로 2백만 원은 되어 보이는 대형 텔레비전이었다. 사실 바둑대회 상품은 행운권 상품에 비하면 아무것도 아니었다. 배보다 배꼽이 더 큰 격이었다. 선배에게 말했다.

“저는 행운권 추첨과는 인연이 없어요. 이제까지 단 한 번도 당첨된 적 없어요.”

선배가 빙긋이 웃었다.

“나는 행운권에 자주 당첨되는 편이에요. 행운권 추첨을 시작하면 마음속으로 기도를 합니다. 추첨자가 내 번호를 선택하게 해 달라고. 작년에도 이 자리에서 선풍기를 받았지요. 올해도 무엇인가 받을 것 같은데….”

그러고 보니 작년에 그 선배가 행운권에 당첨되어 좋아했던 기억이 났다. 나는 내심 코웃음을 쳤다.

‘행운은 연속으로 오지 않는답니다. 김칫국물 들이키지 마세요.’

내 예상은 맞아 들어가는 것 같았다. 마지막 1등상이 남아 있을 때까지 선배의 번호는 불리지 않았다. 마지막 1등상 추첨이 시작되었다. 추첨자가 번호 하나를 통 속에서 꺼냈다. 참가자 모두 마른침을 삼키며 그의 입을 주시했다. 나는 선배 번호표를 뚫어지게 바라보고 있었다. 추첨자가 번호를 부르는 순간, 머리 뒤쪽에서 경련이 일었다. 내가 보고 있는 번호와 정확히 일치했다. 내 눈을 믿을 수 없었다.

'어찌 이런 일이…. 그것도 두 번 연속으로….'

선배의 기도가 효험이 있었을까? 정말 운수 좋은 사람이었다. 선배도 믿기지 않은 듯 일어서서 펄쩍펄쩍 뛰었다. 나도 기뻐서 환호성을 질렀다. 하지만 그 사이 내 마음은 미묘한 변화를 일으키고 있었다.

'그럼, 내가 선배에게 준 상품권은 어떻게 되는 거지?'

'값비싼 대형 텔레비전을 상품으로 받았으니 돌려 달라고 할까?'

아까는 즐거운 마음으로 상품권을 주었는데, 이제 상황이 달라지니 슬슬 배가 아파지는 것 같았다.

선배가 행운권 1등상을 받으러 앞으로 나갔다. 시상자는 번호를 확인한 뒤 '대형 텔레비전'이라고 쓰인 패널을 선배에게 주었다. 들고 가기 어려운 상품이라 주소를 남기면 집으로 배달해 준다고 했다. 선배는 시상자를 비롯한 주최 측 인사들과 패널을 들고 기념사진 찍느라 정신이 없었다.

나는 슬며시 자리에서 일어섰다. 그리고 바둑대회장을 벗어나 학교 구내 버스정류장으로 걸어갔다. 선배를 다시 보면 구차한 내 마음을 들킬 것 같았다. 나는 내 마음의 변화에 스스로 놀라고 있었다. 베풀었던 마음도 상황에 따라 얼마든지 변덕을 부릴 수 있었다.

집에 거의 도착할 때쯤 나는 선배의 전화를 받았다.

"아무리 찾아도 안 보이더군요. 기분이 너무 좋아 저녁을 살까 했는데."

선배가 상품권을 돌려주면 나는 거절하기 어려웠을 것이다. 그 자리를 빨리 벗어나길 잘했다는 생각이 들었다.

# 어떤 입양

텃밭 농사를 지은 지 벌써 4년이 넘었다. 어린 시절부터 서울에서 살게 되어 농촌 생활에 대한 막연한 그리움이 있었다. 언젠가 텔레비전에서 보았던 한 장면이 잊히지 않았다. 가슴에 누렇게 익은 볏단을 한아름 안고 있는 농부가 주름진 얼굴을 활짝 펴고 웃고 있는 모습이었다. 청계산 자락에 있는 주말농장에서 세 평짜리 텃밭을 임차했다. 도시 농부가 된 것이다. 실상은 농부 흉내내기에 불과했지만.

첫해 봄, 나는 텃밭에 쑥갓, 케일, 알타리무 씨앗을 뿌리고 상추, 고추, 방울토마토 모종도 심었다. 쑥갓 씨가 누런 흙을 비집고 연둣빛 얼굴을 수줍은 듯 내밀었을 때 느꼈던 감동은 아직도 생생하다. 과장을 좀 하자면 첫딸을 낳고 병원에서 안고 나올 때의 감격 못지않았다. 여리디 여린 아기는 조금만 힘을 주면 터질 것 같았다. 그때 나는 결심했다.

'이 아이가 성장할 때까지 아버지로서 최선을 다해 보살피리라.'

조그맣고 연약한 쑥갓의 떡잎을 처음 본 순간 느낀 감정도 그와 비슷했다고나 할까. 자주 와서 물을 주고 잡초도 뽑아 제대로 자랄 수 있게 해야겠다고 다짐했다.

첫 농사에서 나는 많은 것을 배웠다. 자연은 내가 노력한 것 이상을 보상해 주었다. 그 작은 텃밭에서 그렇게 많은 수확물이 나올 줄 몰랐다. 우리 가족이 봄철 내내 신선한 쌈채소를 먹을 수 있었으니 말이다. 한번 밭에 나갔다 오면 커다란 비닐봉지 네 개를 채우고도 남는 양이 수확되었다. 딸들에게 나누어 주고도 남아 이웃과 아파트 경비원에까지 선심을 썼다. 다들 "진짜 유기농 채소네" 하면서 입이 벌어졌다.

9월 첫째 주말, 가을 농사를 짓기 위해 농장에 갔다.

김장 채소를 심는 일이었다. 작년에는 무가 풍년이었다. 알도 굵고 잎도 풍성해 무청을 풍성하게 넣은 된장국을 원 없이 끓여 먹었다. 수확한 무는 김치 사이에 박아 넣기도 하고 신문지에 싸서 그늘진 곳에 보관하였다가 겨울 내내 맛볼 수 있었다.

올해는 작년 경험도 있고 해서 배추보다 무를 더 심을 예정이었다. 그동안 배추와 무를 비슷한 비율로 심었는데 작황은 배추보다 무가 더 좋았다. 농약을 전혀 사용하지 않았더니 배추는 벌레가 많이 먹는데 무는 그렇지 않았다. 무가 배추보다 저항력이 더 강한 것 같았다.

농장 임대료에는 일정 수량의 모종 값이 포함되어 있다. 농장 주인에게 배추 대신 무를 더 달라고 했더니 추가요금을 내라고 했다. 무 모종이 배추 모종보다 더 비싼 모양이었다.

밭에 비료를 골고루 뿌리고 괭이로 흙을 평평하게 골랐다. 배추 심을 곳과 무 심을 곳을 나누어 호미 손잡이로 조그만 구덩이를 팠다. 배추는 무보다 더 많은 면적이 필요하므로 일렬당 네 개, 무는 다섯 개. 그리고 구덩이마다 모종을 넣고 뿌리가 제대로 설 수 있도록 흙을 다져 주었다. 모종 심기를 마치고 물뿌리개를 들고 밭에서 제법 거리가 있는 저수조까지 여러 차례 왕복했다. 텃밭이 물로 흠뻑 젖었다. 내 등도 땀으로 흠뻑 젖었다.

일을 마치고 밭 주변을 정리하다가 밭고랑에 누워 있는 무 모종을 하나 발견했다. 뿌리에 붙어 있는 흙이 다 떨어져 나가 잔털이 드러나 있었다. 옆에 있는 텃밭 주인이 모종을 심다가 떨어뜨린 것 같았다. 줄기도 말라가고 밭에 심어도 회생하기 어려워 보였다. 쓰레기더미 위에 던져 버릴까 하다가 멈칫했다.

농사를 지으면서 배운 것 중의 하나가 '생명에 대한 외경심'이다. 모든 생명체는 서로 얽혀서 도움을 주고받게 되어 있다. 가치 없는 생명체는 하나도 없다는 생각을 하게 되었다. 심지어 잡초도 밭의 흙이 유실되지 않게 지지해 주는 역할을 했다. 혹시나 하는 생각이 들어 밭 한 귀퉁이 여유 공간에 그 무 모종을 심었다. 줄기가 제대로 설 수 있도록 흙을 단단히 다져 주었다.

일주일 후 텃밭에 갔을 때 제일 먼저 그 모종부터 살펴보았다. 다행히 말라 죽지는 않았다. 다른 무 모종보다 크기는 작았지만 땅에 뿌리를 단단히 내리고 하늘을 향해 줄기를 꼿꼿이 세우고 있었다. 하도 기특해서 손가락으로 잎에 묻은 흙을 털어 주었다. 그 모종은 무럭무럭 자라 풍성한 잎을 자랑하기 시작했다. 한 달 남짓 지나니 제법 알이 통통한 뿌리를 자랑스럽게 드러내기 시작했다.

며칠 전, 가을 농사 수확 시기가 다가와 밭에 나가 보았다. 올해도 무 농사는 풍년이었다. 알이 굵어진 무 뿌리가 경쟁하듯 흙 위로 불쑥불쑥 솟아올랐다. 큰 무는 내 종아리보다 더 굵어 보였다. 어느 무가 더 굵을까 품평회를 하다가 깜짝 놀랐다. 버려졌던 무 모종에서 자란 무가 60여 개의 무 중 5위권 안에 들어 있는 것이었다. 시작은 늦었지만 어느새 다른 무를 따라잡았다. 입양한 자식이 친자식보다 더 효도를 하고 있는 격이었다.

옛일이 떠올랐다. 미국 유학 시절, 이웃에 백인 부부가 살고 있었다. 아이가 셋 있었는데 피부 색깔이 흑, 백, 황으로 각자 달랐다. 나중에 알고 보니 모두 입양한 아이들이었다. 특히 동양인 딸아이는 한국에서 데려와 우리 부부의 관심을 끌었다.

그 부부가 아이들을 바라보는 눈은 그윽했고 집안 공기

에는 활력이 비눗방울처럼 떠다녔다. 그때 아이 아버지가 한 말은 감동을 넘어 큰 충격이었다.

“나도 어린 시절 입양되어 양부모 밑에서 컸지요. 그때 양부모에게서 받은 사랑을 사회에 되돌려주고 싶어 내 아이를 낳지 않고 입양아를 키우고 있어요.”

그 시절 우리 부부에게는 아직 아이가 없었다. 언젠가 기회가 되면 나도 입양아를 하나쯤 키우고 싶다는 생각을 했다. 세월이 흐르고 아이가 생기자 그 꿈은 그야말로 꿈이 되어 버리고 말았다.

그것이 마음의 빚으로 남아 있었는지 모르겠다. 튼실하게 자라준 무 뿌리를 아이 머리처럼 쓰다듬으며 스스로 위로했다.

‘그때 꿈은 이루지 못했지만 무를 입양해서 알차게 키워 냈으니까….’

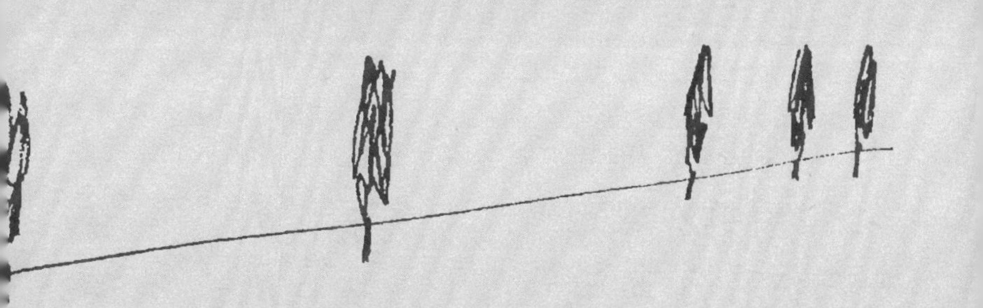

제4부

# 낭만가객

# 낭만가객

길을 걷고 있었다. 아직까지 겨울 뒷자락이 남아 있어 꽤 쌀쌀했다. 그때 점퍼 안주머니에 넣어 둔 핸드폰이 울렸다. 낯선 번호였다. 받을까 말까 망설였다.

'또 보험 들라는 전화가 아닐까?'

벨 소리는 아이 울음처럼 나를 재촉했다. 결국 내 인내심이 손을 들었다.

젊은 사람의 목소리였다. 자신을 공무원연금공단 교육팀장이라고 소개했다. 선배 공무원으로서 곧 퇴직할 후배 공무원들에게 '은퇴생활 체험사례'를 강의해 달라는 것이었다. 도대체 내 은퇴생활을 어떻게 알고 이런 부탁을 해오는 것일까? 공직에서 퇴직한 후 좋아하는 일이 아니면 한정된 내 시간을 팔아 돈을 사지 않기로 결심한 바 있었다.

“제 은퇴생활이 남에게 도움이 되지는 않을 텐데요.”

내가 시큰둥한 반응을 보이자 목소리가 급해졌다.

“이사장님 말씀을 듣고 이렇게 청을 드립니다.”

그때서야 감이 잡혔다. 얼마 전 공단 이사장과 함께한 저녁 자리가 기억났다. 그는 공직에 있을 때 가깝게 지내던 후배였다. 일 년에 두세 번 정도 식사모임에 나를 초대했다. 술이 몇 순배 돌고 분위기가 무르익었을 즈음 그가 물었다.

“선배님, 은퇴생활 즐겁게 보내고 계시는 거죠?”

나는 취기를 빌려 현직에 있는 후배에게 왕성하게 활동하고 있다는 것을 자랑하고 싶었다.

“수필 쓰기를 배워 문학지 추천을 받고 등단했지요. 또 불교대학 두 군데를 졸업하고 인도에 가서 ‘달라이 라마’도 친견했답니다.”

나이가 들수록 말은 줄이고 자신을 낮추어야 하는데 치기가 치밀어 오르는 것을 어쩔 수 없었다. 그는 내 이야기를 귀담아 들었던 것 같았다.

내가 마지막으로 강의를 한 것이 언제였던가? 강의안을 만들 생각을 하니 머리가 지끈거렸다. 지방을 순회해야 하는 강의에 시간을 내는 것도 만만치 않을 것 같았다. 게다가 청중 앞에서 받아야 할 긴장감과 부담감은 또 어떤가. 당장 거절하고 싶었다. 하지만 이사장에 대한 예의가 아닌 것 같아 결정을 미루기로 했다.

"하루 정도 생각해 보고 내일 답변을 줄게요."

거절의 시간을 조금 늦춘 것일 뿐, 강의를 맡을 생각은 없었다.

고속터미널역에서 9호선을 환승하려고 에스컬레이터를 타고 대합실로 내려가고 있었다. 그때 어디선가 귀에 익숙한 멜로디와 가사가 들려왔다.

> 길을 걸었지.
> 누군가 옆에 있다고
> 느꼈을 때 나는 알아 버렸네.
> 이미 그대 떠난 후라는 걸.

내가 좋아하는 가수, 산울림의 '회상'이었다. 이 노래를 들으면 왠지 애잔한 안타까움이 가슴에 차오르곤 했다. 흘러간 젊은 시절에 대한 추억 때문이었을까?

소리가 들려오는 곳을 찾아보았다. 대합실 회랑 한 모퉁이에 조그만 무대가 설치되어 있었다. 평소에는 눈에 잘 띄지 않는 장소였다. 무대 앞에 기다란 간이의자가 여섯 개 있었다. 거기에 여남은 명의 관객이 듬성듬성 앉아 노래를 듣고 있었다. 그냥 지나칠까 하다가 빈 공간에 끼어들었다.

남자 네 명과 여자 한 명으로 구성된 시니어 5인조 밴드였다. 멤버 모두 환갑은 넘어 보였다. 남자 세 명과 여자는 통기타를 연주하였고 나머지 한 명은 색소폰을 불었는데 화음이 잘 어우러졌다. 남자 한 사람을 제외하고는 모두 모자를 쓰고 있었다. 아마 벗겨진 머리나 백발을 감추기 위한 것이었으리라.

모자를 안 쓴 남자가 숱이 많은 잿빛 머리카락을 휘날리며 노래를 불렀다. 목소리에는 윤기가 넘쳐흘렀다. 눈을 감고 있으면 마치 젊은 가수의 노래를 듣고 있는 것 같았다. 그의 얼굴 표정이 무척 행복해 보였다.

나는 그들이 부르는 70년대와 80년대 노래에 흠뻑 빠져들었다. 같이 따라 부르기도 하고 손뼉을 치거나 엉덩이를 들썩거리며 장단을 맞추었다. 시간이 흐르는 것도 잊었다. 문득 시계를 보니 30분이나 지났다. 관객은 어느새 20명 가까이 불어나 의자 뒤를 둥그렇게 둘러싸고 있었다.

아쉽지만 일어서야 할 때가 된 것 같았다. 노래나 연주 실력으로 보아 아마추어 수준은 넘어섰다고 생각했다. 무대 앞쪽을 살펴보았다. 투명한 플라스틱으로 만든 모금함 옆에 밴드 이름을 쓴 명패가 세워져 있었다.

'낭만가객'

그 이름이 나를 또 한 번 감동시켰다.

'낭만가객이라, 가객의 가는 노래 가歌를 쓰는 것이겠지? 거리 가街를 쓰면 더 낭만적일 것 같은데.'

순간 배낭을 메고 순례길을 걷던 내 모습이 떠올랐다. 나는 지갑을 열고 지폐 한 장을 꺼내 모금함에 넣었다. 자리를 떠나는 내 뒤로 그들은 '커튼 필즈'를 신나게 연주했다.

다음날 오전, 나는 공단 교육팀장에게 전화를 걸었다.

강의를 맡겠다고. 그리고 한마디 덧붙였다.

"강의는 자작 수필 한 편을 낭송하면서 마칠 겁니다."

나는 노래 대신 수필을 낭송하는 '낭만가객'이 되고 싶었다. 바로 그때 가슴 아래로부터 어떤 에너지 같은 것이 솟아오르는 느낌이 들었다. 내 마음은 벌써 강단 위로 달려가고 있었다.

# 송소고택松韶古宅

경북 영양군에서 개최한 '조지훈 문학제'에 참석했다. 문학제를 마치고 서울로 돌아오는 길에 같이 갔던 문인들의 요청으로 이웃 청송군에 있는 송소고택을 안내하게 되었다. 내가 그 고택에 연고를 가지고 있다는 이유였다.

고택은 조선 말기 경북 북부지역에서 최고의 부를 자랑했던 심 부자富者 가문의 대표 건축물이다. 1880년경 청송 심씨 종손 송소松韶 심호택沈琥澤이 심혈을 기울여 십여 년에 걸쳐 완성한 건물이다. 당시 평민이 지을 수 있는 최고 한도인 아흔아홉 칸 기와집이 3천여 평 대지 위에 자리잡고 있다.

그 고택 주인은 내 고종사촌 동생이다. 청송 심씨 종손으로 그 고택을 오래전 물려받았다. 나는 대학생 때 그곳에서 한 달간 지낸 적이 있었다. 고모가 여름방학 기간 동안 고등학생이던 동생 공부를 지도해 달라고 했기 때문이었다.

처음 가보는 청송이 그렇게 먼 곳인 줄은 몰랐다. 아침 일찍 경부선 특급열차를 타고 네 시간 걸려 대구에 도착했다. 다시 대구 시외버스터미널에서 버스를 갈아타고 세 시간 가까이 달려 청송읍에 도착했다. 그곳에서 택시를 대절하여 덕천마을에 도착하였을 때는 날이 어둑어둑했다.

마을 앞 개천을 건너 고택을 처음 보았을 때 나는 입을 벌리지 않을 수 없었다. 엄청난 크기의 솟을대문이 눈앞에 우뚝 서 있었다. 서울 북촌에서 커다란 한옥 대문을 보긴 했지만 그것보다 규모가 더 웅장했다. 깊은 산골에 그런 대저택이 있으리라곤 상상하지 못했다.

사랑채에 짐을 풀고 저녁 식사를 마치고 나니 짙은 어둠이 주위를 덮고 있었다. 그 큰 집에 관리인 부부 외에 나와 동생, 단 둘밖에 없었다. 잘 시간이 되어 전등을 끄고 이부자리에 누웠다. 산골의 어둠은 칠흑같았다. 바로 옆에 누워 있는 동생 얼굴도 보이지 않았다. 영화에서 본 무서운 장면이 떠올라 쉽게 잠을 이룰 수 없었다.

덕천마을 주민은 대부분 청송 심씨 후손들이었다. 백여 호나 되는 마을 전체가 한 가족 같았다. 송소 가문 종손인 동생은 아직 어린 나이인데도 깍듯한 예우를 받았다. 덕분에 나도 마을 어른들로부터 융숭한 대접을 받았다.

며칠 후 환영 모임이 있었다. 마을 청년 삼십여 명이 넓은 개천가에 모였다. 손에는 저마다 괭이를 쥐고 있었다. 먼저 여남은 청년들이 배구 네트같이 생긴 그물로 개천 물길을 가로막았다. 나머지 청년들은 상류 쪽에서 그물 방향으로 고기떼를 몰아오기 시작했다. 일렬횡대로 서서 괭이로 냇바닥을 쿵쿵 울렸다. 질서정연하게 움직이는 모습은 마치 군대가 행진하는 것 같았다. 말로만 듣던 천렵川獵 장면이 눈앞에서 전개되고 있었다.

잠시 후 건져 올린 그물에는 메기, 꺽지, 쏘가리를 비롯해 이름을 알 수 없는 물고기가 수없이 잡혔다. 허리 높이보다 조금 더 깊은 개천에 씨알 굵은 물고기가 그렇게 많이 살고 있는 줄 처음 알았다. 그물을 두세 번 더 치고 나니 모두 먹고도 남을 만큼 물고기가 잡혔다.

청년 몇몇이 매운탕을 끓이기 위해 냇가에 가마솥을 걸었다. 얼마 지나자 비릿하면서도 매콤한 냄새가 사방에 진동했다. 그 냄새는 고기를 잡느라 비어 있던 뱃속을 자극했다. 때마침 청송읍 양조장에서 막걸리 진액이 배달되어 왔다. 소주보다 훨씬 더 알코올 도수가 높다고 했다. 우리는 함께 어울려 취해서 쓰러질 때까지 먹고 마시고 떠들었다.

한 달 후, 덕천마을을 떠날 때쯤에는 마을 청년들과 아주 가까운 사이가 되어 있었다. 이별을 아쉬워하는 청년 몇 명이 청송읍까지 배웅을 나왔다. 나는 머지않아 다시 올 것이라고 그들과 새끼손가락까지 걸었다.

그로부터 사십여 년의 세월이 훌쩍 흘렀다. 삶에 쫓겨 그동안 덕천마을을 잊고 지냈다. 몇 년 전 고종사촌 동생이 서울 생활을 정리하고 그곳으로 귀향했다는 소식을 전해 왔다. 한번 들르겠다고 말했지만 차일피일 미루어 왔다. 그러다가 문학제 참석 길에 일행과 함께 들르겠다고 연락을 했던 것이다.

동생은 우리 일행을 솟을대문 앞에서 기다리고 있었다. 고택 여기저기를 세심하게 안내하면서 130여 년에 걸친 역사를 들려주었다. 별당에 묵고 간 손님 중에는 의친왕, 이범석 장군, 조병옥 박사 등이 포함되어 있었다. 육이오 때는 인민군 중대본부로 쓰이는 바람에 소실을 면할 수 있었다고 했다.

진지하게 설명을 이어가는 동생을 바라보았다. 많은 재산을 물려받았으나 별로 지키지 못하고 이젠 고향의 전통문화 지킴이로 변신해 있었다. 세월의 무게는 어쩔 수 없는 듯 동생 머리 위에도 어느새 서리가 하얗게 내렸다. 청송 심씨 11대 종손인 동생 어깨 위에 사랑채 지붕이 무겁게 걸려 있었다.

# 떠나는 자의 뒷모습

IMF 경제위기 여파로 공공부문 구조조정이 한창일 때였다. 본의 아니게 간부 공무원 서너 명을 정년보다 앞당겨 내보내야 하는 책임을 맡게 되었다.

며칠 동안 밤잠을 설치면서 고민했다. 공직을 천직으로 알고 평생 봉사해 온 직업공무원들에게 사표를 종용하는 것은 정말 가슴 아픈 일이었다. 그러나 정부 방침에 따라 우리 기관도 기한 내에 일정한 인력을 감축해야만 했다. 누군가 악역을 수행해야 했고 아랫사람에게 미룰 수 없어 내가 그 역할을 맡았다.

어느 날 퇴직 대상자 서너 명을 사무실로 불렀다. 당사자들은 이미 감을 잡고 경직된 자세로 묵묵히 앉아 있었다. 무어라 선뜻 말을 꺼내기 어려운 분위기였다. 나는 준비해 둔 시 한 편을 나지막하게 읊조렸다.

'가야할 때가 언제인가를 분명히 알고 가는 이의 뒷모습은 얼마나 아름다운가?'

이형기 시인의 〈낙화〉였다. 이 시는 사람 사이에 만나고 헤어짐을 꽃이 피었다 지는 것에 비유하고 있다. 읽을수록 그 애잔함에 가슴이 저며 온다.

"평소 애송하는 시입니다. 저도 언젠가 때가 되면 아름다운 뒷모습을 보이려고 생각하고 있습니다. 가슴이 아파 무어라 더 말씀을 드리기 어렵네요."

어색한 침묵이 흘렀다. 일 분이 한 시간은 되는 것 같았다. 한 사람이 어렵사리 말을 꺼냈다.

"뜻을 잘 알겠습니다. 내일까지 거취를 정하겠습니다."

공무원 정년은 법률로 보장되어 있다. 그들이 사표를 내지 않고 정년까지 근무하겠다고 주장하면 어쩔 도리가 없었다. 그러나 다음날 그들은 모두 사표를 써 가지고 왔다. 사표를 낼 때 그들이 보여 준 처연한 눈빛은 두고두고 빚이 되어 남았다. 그들의 결단에 힘입어 우리

기관은 구조조정을 마칠 수 있었다.

그 일이 있고 몇 년이 흘렀다. 정권이 바뀌어 새 대통령이 취임했고 내각에 파격적 인사들을 기용했다. 분위기가 심상치 않았다. 곧이어 공직사회에 인사 태풍이 불었다. 고위 공무원에 대한 인사 관행으로 보아 '내 차례도 멀지 않았구나' 하고 마음의 준비를 하고 있었다.

사퇴 권고 대상에 포함된 선배 공무원 한 사람이 사표를 내지 않고 버티고 있다는 소문이 들려왔다. 내 마음은 이미 새 정부에서 떠나 있었다. 어차피 머물러 있어봐야 일 년 남짓일 것이다. 떠날 때가 되었다는 생각이 들었다.

그날 저녁 나는 한강 둔치를 하염없이 걸었다. 생각을 정리해야 했다. 30년 가까운 공직 생활의 단편들이 영화 장면처럼 떠올랐다가 사라졌다. 영광스러운 순간도 있었고 실망스러운 순간도 있었다. 그때 내가 구조조정했던 공무원들의 눈빛이 떠올랐다. 자연스레 내가 그들에게 한 약속도 기억났다.

다음날, 나는 그 선배 대신 내가 나가겠다고 선언했다. 주변에서 만류했지만 미련 없이 사표를 던졌다.

돌이켜보면 그때 아쉬움을 뒤로 한 채 공직을 떠나기로 한 결정은 옳았다는 생각이 든다. 적어도 후배들에게 반듯한 뒷모습은 보여 줄 수 있지 않았을까? 또 스스로 떠났기 때문에 미련 없이 새로운 일을 시작할 수 있었으리라.

노년으로 가는 길목에 접어든 지금, 인생 마무리도 아름답게 해야겠다는 생각을 한다. 재산, 권력, 명예 같은 욕심에서 헤어나지 못하고 시간을 낭비하다가 자손들에게 변변한 교훈 한마디도 남기지 못하고 세상을 떠나는 이들이 얼마나 많은가?

'남은 시간 동안 어떻게 바람직한 뒷모습을 가꿀 수 있을까?'

이것이 요즘 빠져들고 있는 화두다.

# 서울대의 스티븐 호킹

서울대 교수식당에서 교수 한 분과 저녁을 먹다가 낯익은 얼굴을 보았다. 둥근 윤곽에 아직 볼살이 남아 있어 앳된 소년 같아 보였지만 안경 속 눈빛은 원숙한 인품을 짐작게 했다. 이상묵 교수였다. 그는 맞은편 식탁에서 목 받침이 있는 전동 휠체어에 앉아 제자들과 식사를 하고 있었다. 대화 소리가 간간이 들려왔다. 진로 지도를 하고 있는 것 같았다.

반가운 마음에 무심코 인사를 하려고 일어섰다가 '아차' 하고 도로 앉았다. 그러고 보니 나는 그를 잘 알고 있지만 그가 나를 알 리는 없었다. 우리는 한 번도 만난 적이 없었다. 그가 장애를 극복하고 교수 활동을 적극적으로 하고 있는 모습을 보니 옛일이 떠올랐다.

공무원연금급여심의회 위원장을 맡고 있을 때였다. 2006년 가을, 그날따라 심의회에 상정된 안건이 많아 회의를 신속하게 진행하고 있었다. 회의가 끝나 갈 무렵 서울대 지구환경과학부 이상묵 교수의 안건이 상정되었다.

그는 2006년 7월, 여름방학 기간 동안 대학원 학생들을 데리고 미국으로 탐사활동을 떠났다. 지질 조사를 하러 캘리포니아 데스밸리 지역으로 가다가 자신이 운전하던 승합차량이 전복되었다. 그 결과 4번 목뼈가 부러져 신체가 완전히 마비되는 중상을 입었다. 앞날이 창창한 젊은 교수의 비극적 사고에 위원들은 충격을 받은 듯했다.

한 위원이 입을 열었다. 그는 정형외과 의사였다.

"가슴 아픈 사고가 발생했네요. 경추가 골절되었는데도 생명을 건진 것은 기적에 가깝습니다. 일상생활로 돌아오려면 장기간 재활 과정이 필요할 겁니다. 교수 생활을 계속하기는 어려울 것 같네요."

다른 위원이 의견을 말했다.

"비정한 말 같지만 공무상 부상으로 인정하기는 어렵

다고 봅니다. 공식 출장 명령을 받고 미국에 갔어야 하는데 출장 명령을 받지 않았습니다. 형식적 요건을 갖추지 못했습니다.”

또 다른 위원이 의견을 덧붙였다.

“아직까지 미국 병원에서 입원 치료 중이라고 하는데 향후 비용까지 감안하면 백만 달러가 넘을 겁니다. 공상으로 인정할 경우 많은 국고 부담이 예상됩니다.”

심의회 분위기는 부결 방향으로 기울고 있었다. 사정은 딱하지만 어쩔 수 없이 부결을 해야 하나 하고 고심하다가 갑자기 의문이 들었다.

‘사적인 여행도 아니고 제자들과 지질 조사를 하러 미국에 갔는데 왜 공식 출장 명령을 받지 못했을까?’

위원들 중에 그 이유를 아는 사람은 없었다. 나는 서울대 측에 그 이유를 물어보기로 하고 안건을 보류시켰다.

일주일 후 서울대에서 답변서가 왔다. 서울대는 방학기간 중 교수 연구조사 활동에는 출장 명령을 하지 않는 것이 관행이라고 했다. 많은 교수들의 방학 활동에 출장명령을 내리면 출장비를 모두 지급해야 하는데 한정된 여비 예산으로는 도저히 충당할 수 없다는 것이었다. 그래서 교수들은 방학 중에는 자체적으로 출장비를 마련해야 했다.

심의회가 다시 개최되었다. 위원들은 장시간 격론을 벌였다. 공상을 판단할 때 형식론을 따를 것이냐, 본질론을 따를 것이냐 하는 문제였다. 과거 사례를 보면 형식론이 우세했다. 처음에는 양론으로 거의 대등하게 나뉘었으나 토론을 거쳐 결국 합의에 이를 수 있었다.

'출장 명령의 유무, 즉 형식적 요건으로 공무 여부를 판단하기보다는 활동의 본질적 내용을 살펴보는 것이 합당하다. 따라서 이상묵 교수 안건은 공상으로 가결 처리한다.'

이 교수에게는 단비 같은 소식이었을 것이다. 그의 모든 치료 비용은 국고에서 부담하게 되었다. 이 결정이 힘이 되었는지는 모르겠으나 그는 초인적 의지로 장애를 극복하고 일 년 만에 강단에 복귀했다.

입으로 움직이는 마우스와 음성인식 프로그램을 통해 강의를 이어갔고 논문을 썼다. 그의 이야기가 지상을 통해 널리 알려지면서 많은 사람들에게 감동을 주었다. 그는 장애인들에게 희망과 극기의 상징이 되었다. '서울대의 스티븐 호킹'이라는 별명까지 얻었다.

그는 스스로를 '재활용 인간'이라고 부른다. 어려움 속에서 발휘되는 그의 유머 감각을 통해 삶에 대한 긍정적 사고를 엿볼 수 있다. 그의 재기는 인간 승리에 머무르지 않는다. 장애인은 물론 절망적 상황에 처해 있는 사람들에게 강력한 메시지를 던진다.

한 인간의 잠재력을 믿고 그의 재기를 돕는 것만큼 가치 있는 일은 없을 것이다. 형식에 매달리지 않고 본질을 꿰뚫어 본 위원들의 혜안에 새삼 가슴이 뿌듯했다.

문득 이상묵 교수가 앉아 있는 식탁을 바라보았다. 그때 막 식사 모임이 끝난 듯 이 교수가 만면에 미소를 머금고 제자들과 작별인사를 하고 있었다. 흐뭇한 광경이었다. 그는 아마 여러 사람들이 자신을 돕기 위해 격론을 벌인 사실을 알지 못하리라.

이 교수의 전동 휠체어가 엘리베이터 쪽으로 움직이고 있었다. 순간 이 교수뿐만 아니라 나도 아니, 우리 모두 알게 모르게 남의 도움을 받으며 살아가는 존재라는 생각이 들었다.

# 스티븐 코비의 감정계좌

미국 경영학자 스티븐 코비가 79세 나이로 세상을 떠났다. 평소 그의 리더십 이론을 배워 활용해 온 사람으로서 애도의 마음을 금할 길 없었다. 만난 적은 없지만 책을 통한 배움이 컸기에 그를 스승처럼 생각했다.

그의 저서 《성공하는 사람들의 7가지 습관》에 감정계좌라는 말이 나온다. 즉 인간관계가 발생하면 두 사람 마음에는 감정계좌가 개설된다. 이해, 공감, 친절, 칭찬, 약속 이행, 도움을 주었을 경우 예금이 된다. 반면에 오해, 불친절, 비난, 약속 위반, 청탁 등 부담을 끼쳤을 때는 인출이 된다.

예금은 충분하지 않은데 인출을 많이 할 경우 상대 마음에 상처를 주게 된다. 예금이 인출을 넘어설 때 비로소 상대에 대한 영향력이 생긴다. 내가 먼저 예금을 하면 상대도 나에게 예금을 하려고 노력할 것이다. 친절은 친절을 불러일으키고 선의는 선의를 따라오게 만든다.

총무처 행정전산과장 시절, 전자정부의 기초가 되는 행정전산망 구축 사업을 시작하게 되었다. 그때 사무관 인사이동이 있었다. 업무의 중요성을 감안하여 총무과에 젊고 순발력 있는 사무관을 보내 달라고 부탁했다.

그런데 막상 배치된 사람은 병약한 50대 사무관이었다. 총무과에서는 인력자원이 없어 어쩔 수 없었다고 변명했다. 나는 화가 나서 목청을 높였다.

"첨단 업무를 수행하는 과에 컴퓨터 용어도 이해하지 못하는 고령의 사무관을 보낼 수 있느냐?"

국장실에 들러 총무과를 비난하며 불평을 토로했다. 그때 국장이 조용히 타일렀다.

"유능한 장수는 병졸을 탓하지 않는 법이네. 깨어진 그릇도 용도가 있는데 하물며 사람이 쓰일 용도가 없겠나?"

사무실에 돌아와 사무관 네 명의 업무 분장을 조정했다. 새로 온 사무관에게는 최소한의 업무만 주기로 했다. 섭섭하게 생각할까 걱정되어 업무에 익숙해지면 추가 업무를 배정하기로 약속했다.

그 결과 과장인 내 업무 부담이 더 커지게 되었다. 신입 사무관의 덜어 준 업무를 다른 사무관에게 맡길 경우 불평이 생길 수 있었다. 고심 끝에 당분간 내가 직접 직원을 지휘해 업무를 처리하기로 했다. 정신없이 바빴는데 더 바빠지게 생겼다.

사실 고령 사무관에게는 큰 기대를 걸지 않았다. 나이도 나이려니와 간이 좋지 않아 수시로 병원을 들락거려야 했다. 없는 듯이 업무를 처리할 생각이었다. 그러나 그의 태도가 달라지는 것이 눈에 띄었다. 컴퓨터 용어사전을 들고 다니며 틈만 나면 들여다보았다. 측은하기도 했지만 무시하는 마음도 있었다.

'그 나이에 공부한다고 뭐가 달라지겠어?'

회의 시간에 간간이 그의 업무 숙지도를 점검해 보았지만 별로 나아진 것이 없어 보였다.

그가 우리 과에 온 지 두 달쯤 되는 날이었다. 그가 슬며시 내게 다가왔다.

"오늘부터 과장님이 덜어 주신 업무를 직접 맡고 싶습니다."

그리고 노트 한 권을 내밀었다. 그동안 자신이 공부했던 행정전산망 개념과 컴퓨터 용어가 단정한 글씨로 빼곡히 정리되어 있었다. 업무 매뉴얼로 써도 될 정도로 체계적이었다. 오랜 투병 생활로 쇠약해 보이는 그의 정성에 가슴이 뭉클했다.

그는 나와 같이 근무하는 동안 최선을 다했다. 능력이 닿지 않으면 노력으로 따라가려고 혼신의 힘을 기울였다. 사무실 맏형이 되어 화기애애한 분위기를 만드는 데도 앞장섰다. 젊은 과장의 부족한 인격을 눈에 띄지 않게 잘 보좌해 주었다. 인간적으로 그에게 많은 신세를 졌다.

인사이동이 있었을 때 내 기분에 따라 고령 사무관을 노골적으로 무시하였다면 어떠한 결과가 나타났을까? 아마 서로 돌아오기 어려운 강을 건넜을 것이다. 작은 배려에 큰 이자가 붙어 돌아온 셈이었다. 감정계좌의 중요성을 그때 알았다.

《사기史記》 오기열전吳起列傳에 한 이야기가 있다. 위衛

나라 장군 오기吳起가 병사의 종기 고름을 직접 입으로 빨아 치료해 주었다. 이 소식을 들은 병사 어머니가 대성통곡을 했다.

"이제 내 아들은 용감히 싸우다 죽을 거예요."

불행히도 그 어머니의 예상은 맞았다. 계급의 차이가 클수록 감정계좌 예금에는 승수효과가 작용한다. 병사는 장군의 행위에서 진심을 읽었다. 장군이 쌓아 놓은 엄청난 예금을 감당하기 어려워 소중한 자신의 목숨까지 바친 것이었다.

감정계좌는 인간관계에서 발생하는 감정 교류 문제를 계량적으로 분석할 수 있는 틀을 제공하였다는 데 큰 의미가 있다. '콜럼버스의 달걀'처럼 알고 보면 단순하지만 우리에게 어떤 깨달음을 시사한다.

스티븐 코비가 세상을 떠난 지금 '감정계좌에 예금을 하지 않고는 진정한 영향력을 행사할 수 없다'는 그의 탁월한 식견이 더욱 그리워진다.

# 닭 머리가 소 엉덩이보다 낫다

4 · 19가 나던 해, 나는 초등학교 3학년생이었다. 여름 방학이 끝나고 가을 학기가 시작되는 첫날, 학교 앞 버스 정류장에서 내려 학교 쪽으로 몇 걸음 걸어가는데 웬 어른 둘이 내 팔을 붙들었다.

"학생, 지금 버스에서 내린 것 맞지? 어디에 살아?"

뭔가 이상하다고 느꼈지만 영문을 알 수 없었다.

"서대문구 교남동에 살고 있는데요."

어른 둘은 서로 눈치를 주고받으며 뜻모를 미소를 지었다. 그들은 내 인적사항을 물으며 수첩에 받아 적었다. 그리고는 학교에 가도 좋다고 보내 주었다.

한 달쯤 지난 후였다. 담임 선생님이 어머니를 학교에 오시라고 했다. 어머니께 말씀드렸더니 금세 얼굴빛이 어두워졌다.

"학교에서 친구와 싸운 일이 있느냐?"

아무리 생각해 봐도 친구들과 장난치다가 가볍게 다툰 적은 있지만 문제 될 일은 없었다.

며칠 후 학교에 다녀온 어머니가 나를 불러 앉혔다.

"그동안 누가 네 이름과 주소를 물어본 적 없었니?"

그때서야 무심코 지나쳤던 등교 첫날의 일이 기억났다. 어머니께 그날 있었던 일을 소상히 이야기했다.

"네가 학구제 위반 단속에 걸렸다는구나. 진작 말했으면 손을 쓸 수도 있었는데 이젠 너무 늦었다고 하네."

나는 덕수초등학교에 다니고 있었다. 그 학교는 당시 서울의 최고 명문으로 중학교 입시에서 발군의 성적을 거두고 있었다. 경기중학교 입학 정원이 420명이었는데 해마다 60명 이상을 합격시켰다. 어머니는 나를 종로구에 있는 덕수초등학교에 보낼 욕심으로 친척집에 위장전입을 시킨 것이었다. 나도 어느 정도 눈치는 채고 있었다. 2년 아래 여동생은 집에서 가까운 서대문초등학교에 입학했으니까.

그날 저녁 가족회의가 열렸다. 어머니 걱정이 태산 같았다.

"서대문초등학교는 몇 년째 경기중학교에 입학시킨 학생이 한 명도 없대요."

아버지 능력으로 그 문제를 해결해 주기 바라는 것 같았다. 그러나 아버지는 한숨만 내쉴 뿐 아무 말씀도 없으셨다. 자신의 무능함을 안타까워하는 것처럼 보였다.

문득 덕수초등학교에서 받은 설움이 떠올랐다. 그 학교는 '치맛바람'이라는 말의 진원지였다. 수업시간 내내 교실 뒤쪽에서 참관하는 엄마들이 열 명은 넘었다. 선생님께 아양을 떨며 흰 봉투를 슬쩍 건네는 것도 여러 번 보았다. 오죽하면 덕수초등학교 6학년 담임을 맡으면 일 년 내에 집 한 채를 산다는 말이 떠돌았을까? 나는 그 속에서 이방인이었다. 아버지 수입이 넉넉지 않아 어머니는 우리 오남매를 뒷바라지하기에도 벅찼다.

1학기 때 일이었다. 반장이 내 짝이었다. 시험을 보면 선생님이 채점을 해서 나누어 주었다. 어린 마음에도 경쟁심이 있어 채점지를 받으면 서로 점수를 비교해 보곤 했다. 내가 더 나을 때도 있고 반장이 더 나을 때도 있었다. 평균적으로 비슷한 수준이었다.

여름방학이 시작되는 날, 선생님이 성적통지표를 나누어 주었다. 설레는 마음으로 통지표를 펴보았다. 기대했던 '수'는 하나도 없었다. '우'가 한두 개 있을 뿐 대부분 '미'였고 심지어 '양'도 여러 개 있었다. 얼굴이 붉게 달아올랐다. 이걸 부모님께 보여 드릴 생각을 하니 하늘이 노래졌다. 옆에 앉아 있는 반장 통지표를 슬쩍 훔쳐보았다. 이게 웬일, 뒤통수를 세게 얻어맞은 느낌이었다. '우'가 한두 개 있을 뿐 모두 '수'였다. 무언가 불공평하다는 생각이 들며 서러워졌다.

집에 돌아와 울먹거리며 어머니께 자초지종을 설명했다. 어머니는 허공을 바라보며 무언가 생각하는 듯했다. 통지표를 뚫어지게 노려보고는 가볍게 한숨을 내쉬더니 내 등을 토닥거리며 위로해 주었다.

"괜찮아, 다음에 잘하면 되지 뭐."

어머니는 엄한 분이었다. 약한 몸으로 오남매를 키우는 데 지쳤기 때문이었을까. 사소한 잘못도 회초리로 다스렸다. 나는 그 통지표로 해서 적어도 열 대 이상 회초리 세례를 받을 거라고 지레 겁을 먹었었다. 하지만 예상 밖의 어머니 반응에 가슴을 쓸어내렸다. 벌은 받지 않았지만 그 일은 마음의 상처가 되어 남았다. 그리고 학교에 대한 회의가 싹트기 시작했다.

나는 아버지의 무기력한 모습에 마음이 울컥했다. 안 그래도 돈을 제대로 벌어오지 못한다고 늘상 어머니 잔소리를 듣고 있는데 내 문제까지 불거져 측은해 보였다. 덕수초등학교에서 마음이 상했는데 차라리 잘 되었다 싶었다. 나도 모르게 초등학생답지 않은 말을 내뱉었다.

"어디 가서도 제 할 탓 아니겠어요? 전학 가면 더 열심히 공부할게요."

아버지 표정이 밝아졌다. 나도 큰 효도를 한 것 같아 기분이 좋았다.

다음해 3월, 나는 서대문초등학교로 전학을 갔다. 4학년 3반에 배정되었다. 서대문초등학교는 그야말로 신세계였다. 덕수초등학교와는 불과 1km 남짓 떨어져 있는데 타임머신을 타고 과거로 되돌아간 것 같았다. 달라도 엄청나게 달랐다. 건물, 운동장, 선생님, 학생들 모두.

서대문초등학교에는 판자로 지은 교사가 아직 남아 있었

다. 우리 반 교실은 판자로 얼기설기 엮은 건물이라 장마철에는 비가 샜다. 선생님은 양동이와 대야를 받쳐 놓고 수업을 했다. 빗물 떨어지는 소리가 실로폰 연주 같아 그리 거슬리지는 않았다.

운동장은 덕수초등학교 두 배 크기였다. 그러나 학생 수는 절반도 되지 않았다. 학년 당 10개 반이 넘는 덕수초등학교와는 달리 우리 학년은 고작 3개 반이었다. 마음껏 뛰어놀고 운동을 할 수 있어 좋았다.

선생님들은 명문 학교 배정 경쟁에서 뒤처진 사람들로 구성되어 있었다. 경쟁에서 진 사람들은 대개 두 가지 태도를 보인다. 자포자기하며 불성실해지거나, 아니면 절치부심하며 더욱 열정을 불사르거나. 다행히 우리 담임 선생님은 후자에 속했다.

아직 6 · 25전쟁 상흔이 남아 있어 정동 러시아공사관 주변에는 수많은 판잣집이 난립해 있었다. 그 집 자녀들은 모두 서대문초등학교에 입학했다. 학생들 중에는 장애인이 많았다. 불발 수류탄이나 포탄을 장난감 삼아 갖고 놀다가 팔이나 다리를 잃는 아이들이었다. 그들은 고무와 쇠로 만든 의수나 의족을 하고 학교에 다녔다.

전학한 지 한 달쯤 지났다. 나는 새로운 학교생활에 적응하려고 나름대로 친구도 열심히 사귀고 체육 활동에도 빠지지 않고 참여했다.

어느 날 점심시간 때였다. 가까워진 내 짝과 시시덕거리며 도시락을 먹고 있었다. 교실 뒷자리에 앉아 있던 의족을 한 아이가 철거덕거리는 쇳소리를 내며 걸어왔다. 그리고 내게 시비를 걸었다.

"야, 임마. 전학 온 지 얼마 되지도 않은 놈이 시끄럽게 까불고 있어."

녀석을 자세히 살펴보았다. 키는 나보다 조금 더 컸다. 그러나 몸은 비쩍 말라서 발로 한번 차면 나동그라질 것 같았다. 게다가 다리도 불편하니 넘어뜨린 다음 올라타서 주먹질을 하면 금방 이길 수 있으리라고 생각했다. 안 그래도 갓 전학 왔다고 어떤 놈이 시비를 걸어오면 시범적으로 두들겨 패리라 작심하고 있었다. 주먹을 불끈 쥐고 교사 뒤쪽 호젓한 마당으로 나가려고 하는데 내 짝이 귀에 대고 속삭였다.

"저 아이 만만하게 보면 안 돼. 싸울 때 자기 의족을 빼서 몽둥이처럼 휘둘러. 지난번에 싸운 애는 머리통을 맞고 병원에 실려갔어."

갑자기 다리에서 힘이 풀렸다. 등에서는 진땀이 흘렀다. 병원 침대에 누워 있는 나를 걱정스럽게 바라보는 어머니 모습이 머리를 스치고 지나갔다. 나는 비굴한 미소를 입가에 흘리며 그 애에게 말했다.

"그래, 시끄럽게 떠든 것은 미안해. 앞으로 사이좋게 지내자."

녀석은 돌변한 내 태도에 의아했는지 나를 물끄러미 바라보다가 자기 자리로 돌아갔다.

그리고 몇 달이 흘렀다. 어느 날 담임 선생님이 나를 불렀다.

"네가 우리 반에서 국어책을 또박또박 제일 잘 읽는구나. 이번 교내 웅변대회에 대표로 나가보면 어떻겠니?"

덕수초등학교에서는 상상도 할 수 없는 일이 일어났다. 내가 반 대표가 되다니. 나는 내가 남들보다 잘할 수 있는 일이 아무것도 없는 줄 알았다.

집에 가서 어머니께 선생님 말씀을 전했다. 어머니 얼굴이 환하게 밝아졌다. 퇴근 후 집에 오신 아버지도 덩달아 신이 나서 웅변 원고를 써 주시겠다고 약속했다.

6 · 25기념 교내 반공웅변대회 날이 왔다. 전교생이 넓은 학교 운동장에 모였다. 연단 옆에 놓인 의자에는 외부 초청 인사와 교장 선생님을 비롯한 선생님들이 앉았다. 학생들 뒤쪽에는 많은 학부형들이 서서 참관하고 있었다.

내 이름이 불리고 나는 연단 위로 올라갔다. 높은 곳에 서서 수많은 관중 앞에 서보는 것은 난생처음이었다. 다리가 후들후들 떨리며 오줌을 찔끔 흘렸다. 그 순간 머릿속이 백지장 상태가 되면서 달달 외웠던 웅변 내용이 하나도 생각나지 않았다. 십여 초 이상 입도 벙긋 못하고 가만히 서 있었다. 천 명이 넘는 관중들이 나를 걱정스러운 눈초리로 바라보고 있었다. 겨우 입을 떼어 생각나는 문장들을 이어가기 시작했다. 어떻게 웅변을 마쳤는지 기억도 나지 않았다. 나는 부끄러워 상기된 얼굴로 연단에서 내려와 좌석에 앉았다. 물론 입상권에는 들지 못했다.

다음날 담임 선생님께 얼굴을 들 수가 없었다. 그러나 선생님은 빙그레 웃으며 나를 격려했다.

"4학년생이 그만하면 잘한 거야. 웅변 내용도 좋았고.

좀 더 연습하면 내년에는 상을 받을 수 있을 거야."

그 말씀에 나는 자신감을 되찾을 수 있었다.

웅변대회 이후 급우들이 나를 대하는 태도가 달라졌다. 친절하면서도 존중하는 쪽으로. 나는 선생님께 인정받기 위해 더욱 열심히 공부했다. 4학년을 마칠 무렵에는 친구들이 어려운 문제가 있으면 나에게 풀어 달라고 들고 왔다.

그리고 2년 후 중학교 입시에서 나는 경기중학교에 합격할 수 있었다. 서대문초등학교에서는 5년 만의 경사라고 했다. 경기중학교에서 덕수초등학교 3학년 때 반장과 다시 만났다.

내가 덕수초등학교를 그대로 다녔더라면 경기중학교에 입학할 수 있었을까? '닭 머리가 소 엉덩이보다 낫다'는 속담은 그냥 만들어진 것이 아니리라.

# 어떤 세신사

동네 목욕탕에서 온욕을 즐기다가 모처럼 때를 밀고 싶었다. 비닐 침대에 누워 늙수그레해 보이는 세신사에게 몸을 맡겼다. 백발이 듬성듬성하고 체구는 왜소했지만 가슴에는 제법 탄탄한 근육이 붙어 있었다. 오랫동안 이 일을 했는지 손아귀 힘이 억셌다. 나이에 비해 근력이 뛰어나다고 칭찬하자 기분이 좋아졌는지 자신의 이야기를 풀어놓았다.

그는 초등학교 때 아버지를 잃었다. 배를 곯지 않으려고 10대 후반에 가출해 무작정 상경했다. 구두닦이 등으로 전전하다가 목욕탕 세신사로 정착했다. 결혼하여 아이를 둘 낳고 착실하게 살아왔다. 세신사로 일한 지 30년이 넘는다고 했다.

그사이 그는 당뇨병과 심장병을 얻었다. 습기가 가득 찬 목욕탕에서 온종일 일하다 보면 어지럽거나 심장에 통증을 느낄 때가 있다고 했다. 나는 알고 있는 의료 지식을 총동원해 도움말을 해 주었다. 그가 내 등을 밀다가 혼잣말 하듯이 물었다.

"시신을 기증하기로 한 병원에 가면 할인해 준다고 하던데…. 진단을 받아 보는 게 좋겠지요?"

내 호기심이 더듬이처럼 꿈틀거렸다.

"병원에 시신을 기증하기로 했어요?"

"의과대학에 해부용 시신이 부족해 외국에서 비싼 돈을 주고 수입한다고 해서요. 죽으면 썩을 몸인데 사회에 기여하고 가야지요."

그는 장기는 물론 각막, 피부, 뼈까지 기증하는 동의서에 도장을 찍었다고 했다. 곰곰이 생각해 보니 그가 죽으면 시신은 해체되어 대부분 재활용되고 남는 것이 거의 없는 셈이었다.

오래전 의과대학 부속병원 해부학 교실에 딸과 함께

갔던 기억이 떠올랐다. 침구법鍼灸法을 같이 배우던 의대 교수가 동기생들에게 인체 구조에 대해 가르쳐 주기 위해 마련한 자리였다. 흔치 않은 기회여서 나는 교수에게 양해를 구하고 고등학교에 갓 입학한 작은딸을 데리고 갔다. 사춘기에 들어선 딸에게 죽음의 의미를 느끼게 해 주고 싶었기 때문이었다.

해부학 교실에 들어서는 순간, 그 숙연한 광경에 압도되어 버렸다. 수십 개의 탁자 위에 파란색 비닐에 덮인 시신들이 가지런히 놓여 있었다. 딸도 충격이 큰 듯 얼굴이 핼쑥해졌다. 해부학 교실은 포르말린 냄새로 절어 있었다. 마스크를 쓰지 않고는 잠시도 견디기 어려웠다.

교수가 시신의 내장을 헤쳐 가며 해부학 강의를 시작했다. 하지만 나는 그 시신이 어떻게 해서 이 교실에 오게 되었을까를 상상하느라 하나도 듣지 못했다. 오직 기억에 남아 있는 것은 해부용으로 활용한 시신은 정중한 장례를 치른 다음 화장을 한다는 사실이었다.

해부학 교실을 나올 때 딸에게 물었다.

“아빠가 시신을 기증한다면 너는 동의할 수 있겠니?”

딸은 아직 충격이 가시지 않은 듯 떨리는 목소리로 대답했다.

"해부용 시신을 직접 본 이상 절대로 동의하기 어려워요."

사실 나도 사후에 시신을 기증하는 것이 좋겠다는 생각을 가졌었다. 그러나 해부학 교실에 다녀온 다음에는 그런 생각이 많이 줄어들었다.

세신사 아저씨에게 물었다.

"시신 해부하는 광경을 본 적 있어요? 그랬다면 쉽게 결심하기 어려웠을 텐데…."

"죽은 다음에 몸에 칼이 들어온들 그게 뭐 대순가요?"

그가 달관한 듯한 말투로 대답했다.

그 말에 내 낯이 후끈 달아올랐다.

'나는 아직 죽은 다음에도 내 몸을 칼로 토막낸다고 생각하면 자지러지는 느낌이 드는데.'

그동안 명상을 배워 욕심을 내려놓겠다고 부지런을 떨었지만 아직 갈 길이 먼 것 같았다. 배운 것이 머릿속에 남아 있을 뿐 행동으로 옮겨진 것은 별로 없었다.

목욕탕을 나오며 그에게 큰 빚을 지고 있는 듯한 기분이 들었다.

# 히든 챔피언

언제부터인가 아파트 어귀에 구두 수선점이 생겼다. 인도 위에 짙은 밤색 알루미늄으로 만든 조그만 컨테이너 박스를 설치하고, 그 안에 구두약, 구둣솔, 구두끈, 깔창 같은 구두용품들이 작은 공간에 오밀조밀 모여 있었다.

귀가하는 길에 구두를 닦으려고 박스 안에 들어섰다. 반백의 중년 남자가 하이힐 굽을 수리하다가 손을 멈추고 눈인사를 했다. 구두를 벗어 주고 낮은 원형 의자에 앉아 구두 닦는 모습을 바라보았다.

그는 먼저 구둣솔로 구두에 묻은 먼지를 정성스레

털었다. 손놀림이 어찌나 빠른지 손이 보이지 않을 정도였다. 그러고는 손가락에 젖은 헝겊을 둘둘 말아 구두약을 듬뿍 묻히더니 구두에 바르기 시작했다. 순식간에 구두약이 두텁게 입혀졌다. 아기를 목욕시킨 후 몸에 바디로션을 바르는 모양이라고나 할까.

그러고 나서 라이터를 꺼내더니 신문지 조각에 불을 붙였다. 활활 타오르는 신문지를 구두약이 듬뿍 묻은 구두 주변에 이리저리 돌렸다. 저러다가 구두를 태워 먹을까 조마조마했다. 다행히도 신문지에 붙은 불은 곧 꺼졌다. 구두 표면에 불기가 지나간 자리가 희끗희끗 남았다. 그는 나를 한번 바라보고 씩 웃었다.

"불 멕기 하는 것 처음 보나요? 이래야 구두에 윤이 반짝반짝 나지요."

오래전 구두를 닦을 때 몇 번 본 적은 있었으나 요사이 저렇게 정성스레 구두를 닦는 사람은 보지 못했다. 대개 구두 한 켤레 닦는 데 채 5분도 걸리지 않는데 말이다. 그들은 구두약을 얄팍하게 바른 다음 헝겊으로 문질러 적당히 광을 내고 4천 원을 받았다.

이제 그가 구두에 광을 내기 시작했다. 마른 헝겊을

말아 쥐더니 구두 표면을 문지르기 시작했다. 그의 손이 구두를 스칠 때마다 구두 가죽은 살아 숨쉬는 듯 윤기가 흘렀다. 구두를 닦는 솜씨도 저 정도면 예술 수준이라고 감탄했다. 그의 손놀림에 빠져 있다가 그와 눈이 마주쳤다.

그는 손을 잠시 멈추더니 품속에서 스마트폰을 꺼냈다. 스마트폰을 몇 번 조작한 다음 내게 내밀었다.

"기다리시는 동안 지루할 테니 사진이나 감상하세요."

스마트폰 화면에는 석양에 물결이 굽이치는 바다 사진이 떠 있었다. 화면을 옆으로 미니 바다 갯벌의 원경과 근경, 밀물이 힘차게 몰려오는 모습을 찍은 사진들이 나타났다. 구도도 좋고 색조도 뛰어나 보통 솜씨가 아님을 한눈에 알아볼 수 있었다. 확대해서 아파트 거실에 걸어두면 거친 바다 모습을 지척에서 느껴볼 수 있겠다고 생각했다.

"직접 찍은 거라면 대단한 솜씨네요. 사진작가인가요?"

그는 대답 대신 지갑에서 명함을 꺼냈다. 거기에 '한국사진작가협회 생태사진분과위원회 사무국장'이라는 직책과 이름이 적혀 있었다.

"젊었을 때부터 사진 찍는 것이 마냥 좋아 이 길에 빠져들었어요. 그러나 결혼하고 보니 생계 대책이 서지 않아 구두닦이를 시작했지요."

구두를 닦은 지 30년이 넘었다고 했다. 강남 지역 오피스 빌딩을 전담하고 있다가 후배에게 물려주고 자신은 시간 여유가 있는 아파트 단지에서 새롭게 일을 시작했다고 덧붙였다.

"주말이면 전국을 누비며 자연을 벗 삼아 생태사진을 찍어요. 그 시간이 가장 행복한 시간이지요. 주중에 이 비좁은 박스 안에 갇혀 있지만 주말을 생각하면 마음은 한없이 자유로워요."

그의 얼굴에 여유 있는 미소가 흘렀다.

문득 히든 챔피언hidden champion이라는 말이 떠올랐다. '알려지지는 않았지만 남다른 기술력이 있는 작지만 강한 기업'을 일컫는 용어다. 기업뿐만 아니라 인간 사회에도 히든 챔피언이 있었다. 비록 출세하거나 부를 축적하지는 못했지만 자신만의 기술로 가족을 부양하고 인생을 즐기며 살고 있는 것이다.

그는 내 얼굴이 비칠 정도로 반들반들하게 닦은 구두

를 내어 놓았다. 그러면서 '시니어 우대'라고 천 원을 깎아 주었다. 하도 정성 들여 구두를 닦아 팁을 더 얹어 줄까 생각하고 있던 차에 오히려 허를 찔렸다. 마음이 넉넉한 사람이었다.

인생도처유청산人生到處有青山이라 하더니 도시 한복판에서 이러한 사람을 만날 수 있을 줄이야. 황량한 사막을 걷다가 뜻하지 않은 곳에서 새하얀 구절초를 발견한 듯한 느낌이었다. 번쩍거리는 구두를 신고 집으로 돌아오는 발걸음이 가벼웠다.

# 명예를 위하여

공무원 시절, 중요한 책임을 맡은 적이 있었다. 곧 출범할 새 정부의 행정개혁안을 만드는 일이었다. 작업단을 조직하고 우리 부처에서 가장 유능한 인력을 선발했다.

당시 선진국에서는 행정개혁이 유행병처럼 번지고 있었다. 오랜 복지국가 시행으로 국가부채가 쌓여 정부가 감당하기 어려운 수준에 이르렀다. 정부부문의 효율성을 높이지 않고는 민간 경제에 활력을 줄 수 없었고 따라서 지속가능한 경제성장을 기대하기 어려웠다.

대처 수상이 이끌던 영국이 가장 앞장을 섰고 호주, 뉴질랜드가 뒤따라가는 상황이었다. 미국과 캐나다도 영국의 성공적 결과에 고무되어 행정개혁에 박차를 가하고 있었다. 다행히 우리나라는 아직 복지국가 단계에 이르지 않아 재정적자 규모는 크지 않았다. 하지만 선진국들의 시행착오에서 배울 점이 많았고 앞으로 '복지국가의 함정'에 빠지지 않기 위해서라도 미리 준비해 둘 필요가 있었다.

관련 국가들의 행정개혁 정책자료를 수집하는 일이 급선무였다. 작업단 십여 명을 세 팀으로 나누어 영국, 호주, 뉴질랜드, 미국, 캐나다로 출장을 다녀왔다. 관련 자료를 모아 보니 커다란 캐비닛 두 개를 가득 채울 만큼 엄청난 분량이었다.

새로운 정부의 행정개혁 방향은 사회적 관심사였다. 우리 작업단이 선진국들의 최신 자료를 갖고 있다는 것이 행정학계에 금방 소문이 났다. 평소 알고 지내던 대학교수들과 연구기관 간부들이 전화를 걸어왔다. 곧 발표할 논문과 연구보고서 작성에 필요한 자료를 도와달라는 것이었다. 복사본만이라도 한 부 갖고 싶다고. 그러나 정부가 많은 비용을 들여 수집한 자료를 개인에게 내줄 수는 없었다. 또 자료를 받지 못한 사람들이 불평을 하게 되면 입장이 곤란해질 수도 있었다. 나는 그들을 달랬다.

"석 달 내에 자료집을 펴낼 테니 그때까지만 기다려요."

당초에는 수집한 자료를 책자로 엮어 100부 정도 발간한 다음, 업무용 50부를 제외한 나머지는 필요한 사람들에게 무료로 제공할 생각이었다.

그러나 예상보다 우리 자료를 원하는 사람이 많았다. 자료집을 200부 발간해도 부족할 것 같았다. 예산도 절약할 겸 차라리 기획 출판을 해서 유가로 판매하는 것이 어떨까 하는 생각이 들었다. 그것은 전례가 없는 일이었다. 누가 정부 자료집을 돈을 주고 사겠는가?

마침 아는 출판사가 있어 연락해 보았다. 출판사에서는 전문서적이므로 수요에 한계는 있겠지만 워낙 사회적 관심이 높은 내용이라 성공 가능성이 있다는 의견이었다.

나는 즉시 전 직원 회의를 소집하였다.

"여러분에게 자기 이름이 인쇄된 멋진 저서를 갖게 해 주겠습니다. 얼마나 자랑스럽겠습니까. 각자 명예를 걸고 집필할 자신이 있습니까?"

직원들은 자료집을 발간하는 줄로 알고 있다가 저서를 출판하겠다고 하니 놀란 눈치였다. 하지만 부담감보다는 기대감으로 눈을 반짝였다. 그들의 도전정신이 이심전심으로 느껴졌다.

책 제목은 《신정부혁신론》으로 정했다. 선진국의 행정개혁 방향은 행정과 재정을 포함한 국가의 근본구조를 바꾸는 종합 접근방식으로 나아가고 있었다. 과거 우리 정부가 반복적으로 해 오던 조직개편 위주의 행정개혁 방식에서 벗어나야 한다는 의미가 들어 있었다.

그날 이후 전 직원들은 밤낮없이 집필 작업에 매달렸다. 외국 자료에서 핵심 부분을 발췌하고 이를 소화해서 자신의 언어로 표현하는 것은 뼈를 깎는 인고의 과정이었다. 집필진 전원은 휴일까지 반납했다.

일주일에 두 번씩 하는 원고 독회 시간은 집필진에게 피를 말리는 긴장감을 주었다. 각자 자신이 쓴 내용을 발표하고 난상토론을 벌였다. 다수의 저자가 공동으로 책을 만드는 경우 자칫하면 체계의 일관성을 잃기 쉽다. 또 저자 간 표현 방식이 다를 경우 독자에게 혼란을 줄 수 있다. 당연히 독회 시간에는 엄정한 평가와 충고가 뒤따랐다. 집필진 중에는 신랄한 비판에 자존심이 상한 나머지 눈물을 보인 경우도 있었다.

두 달이 지나자 외부에 내어놓아도 부끄럽지 않을 수준의 원고가 완성되었다. 집필진 모두 혼신의 힘을 기울인 덕분이었다. 원고를 출판사에 넘기고, 드디어 737페이지에 이르는 《신정부혁신론》이 출판되었다.

책은 서점에 진열되자마자 폭발적 반응을 보였다. 최신 행정개혁 정보에 목말라 있던 사람들이 다투어 구입했다. 각 대학교 행정대학원에서도 교재로 사용한다고 다량 사갔다. 초판 1,000부가 매진되어 3개월 만에 재판을 찍어야 했다.

어느 날 가깝게 지내는 행정학 교수의 전화를 받았다. 그는 다짜고짜 목소리를 높였다.

"공무원들이 어떻게 그런 수준의 책을 집필할 수 있었는지 의문이 드네요. 우리 밥그릇까지 넘보지 맙시다."

그는 반어법으로 우리에게 최대의 칭찬을 해 준 것이었다. 나는 소리 내어 웃으며 두 번 다시 남의 밥그릇을 뺏는 일은 하지 않겠다고 약속했다.

《신정부혁신론》은 학계로부터 호평을 받아 그해 전경

련에서 주는 '자유경제출판문화상'을 받았다. 그때 받은 상패는 지금도 내 벽장 속에 소중히 보관되어 있다.

몇 년 후 출판사로부터 개정판을 내지 않겠느냐는 제안을 받았다. 욕심은 났으나 이미 작업단은 해산되었고 집필진 9명을 다시 모으기는 어려웠다. 행정학 교수와 농담 삼아 나눈 이야기도 생각났다. 어쨌든 약속은 약속이니까.

그때 집필진들은 난생처음 자신의 저서를 가질 수 있는 기회였다. 명예라는 가치는 알고 보면 허망하지만 때로는 엄청난 힘을 발휘할 수도 있는 것이다.

제5부

# 카르페 디엠

# 카르페 디엠

그날 저녁, 스페인 산티아고 순례길에서 30km를 걷고 잠시 쉬고 있을 때였다.

"여기에 왜 왔어요?"

옆 침대에 걸터앉아 있던 사람이 말을 붙여 왔다. 고개를 들어 바라보니 머리에는 하얗게 서리가 내렸고 얼굴에는 주름살이 그득한 백인이었다. 팔은 거뭇거뭇한 반점으로 뒤덮였고 허리는 꾸부정했다. 나보다 훨씬 연상인 것 같아 침대에서 일어나 앉았다.

"파울로 코엘료를 위대한 작가로 만든 이 길의 비밀을 알고 싶어 왔습니다."

내가 이렇게 대답한 것은 피로에 지쳐 대화를 길게 끌고 싶지 않았기 때문이었다. 내심 그가 코엘료를 알지 못해 어색한 미소를 지으며 질문을 끝낼 것을 기대했다. 그러나 그는 자신도 코엘료의 《연금술사》를 읽어 보았다면서 말을 이어나갔다. 내 의도는 완전히 빗나갔고, 그의 이야기를 들어줄 수밖에 없었다.

그는 일흔아홉 살의 미국인이었다. 오래전부터 고환암을 앓고 있어 언제 죽을지도 모른다고 했다. 아내는 몇 년 전 이혼을 요구하고 그의 곁을 떠났다. 이제는 혈혈단신, 그야말로 자유인이라 살아 있음을 즐기기 위해 이렇게 걷고 있다고 했다.

문득 순례길 주변에 있는 많은 십자가와 비석들이 떠올랐다. 천 년이 넘는 세월 동안 이 길을 걷다가 죽은 사람들을 기리기 위한 것이었다. 어제는 커다란 나무 십자가 밑 조그만 추모판 앞에 상념에 잠겨 한동안 서 있었다. 불과 몇 달 전 그 근처에서 사망한 순례자의 아들이 만들어 놓은 것이었다.

그 노인은 침대에 누워서 죽는 일은 피하고 싶다고 했다. 이 길을 걷다가 죽을 수 있으면 그보다 더 큰 행운은 없을 것이라는 말도 했다. 살아 있음을 즐기기 위해 이 길을 걷고 있는 사람이 이 길에서 죽고 싶다고 하니 아이러니치고는 묘한 아이러니였다. 결국 죽음은 삶과의 단절이 아니라 삶의 한 부분이라는 이야기를 하고 싶었던 것일까?

그는 내게 '카르페 디엠'이라는 말을 아느냐고 물었다. 내가 머뭇거리자 '오늘을 잡아라'는 뜻이라고 가르쳐 주었다. 그것이 절망적 상황 속에서도 즐기며 살 수 있는 자신의 비밀이라고 말했다.

다음날 새벽, 나는 다시 길을 떠나려고 순례자 숙소를 나섰다. 집 앞 공터 벤치에서 빵조각을 씹으며 배낭을 꾸리고 있는 그를 보았다. 그가 손을 들어 알은체를 했다. 나는 눈인사만 하고 지나치려다가 엊저녁 일이 생각나서 말을 건넸다.

"카르페 디엠!"

내 목소리는 시월의 쌀쌀한 새벽 공기를 가르고 날아갔다. 그의 얼굴 주름이 팽팽하게 펴지는가 싶더니 미소가 얼굴 전체로 물결쳐 가는 것이었다.

그날 아침 나는 걸으며 "카르페 디엠, 카르페 디엠,

카르페 디엠…" 하고 되뇌었다. 걷는 순간순간 호흡과 다리 근육의 움직임을 생생하게 느껴 보려고 마음을 집중했다. 어느 한순간, 영원의 시간 속 한 구간에서 내가 살아 숨쉬며 여기서 걷고 있다는 사실이 기적이라는 생각이 들었다. 살아 있음이 축복이었다. 나는 더 이상 과거가 쌓여 이루어진 내가 아니었다. 그렇다고 아직 오지 않은 미래를 걱정하는 나도 아니었다.

'오직 지금 이 순간에 존재할 뿐인 나였다.'

풍경들이 더욱 아름다운 모습으로 내게 손짓했다. 머리 주변에 따라붙던 하루살이 떼가 이젠 귀찮지 않았다. 그들은 내 시간 여행의 동반자였다.

평범했던 작가 코엘료를 성숙한 인간으로 변화시킨 이 길의 비밀을 나도 알게 된 듯한 기분이 들었다. 발걸음은 가벼워지고 이유를 알 수 없는 충만감이 향기처럼 피어오르며 온몸을 감쌌다.

'카르페 디엠. 오늘을 아니, 지금 이 순간을 잡아라!'

# 사람이 꽃보다 아름다워

스페인 산티아고 순례길을 걸을 때였다. 매일 30km 가량 걸어야 하는 강행군이었다. 열흘쯤 지났을 무렵 왼쪽 발가락 사이에 조그만 물집이 잡혔다. 순례자 숙소에서 자기 전에 응급처치를 했다. 바늘에 흰 면실을 꿰어 물집 속에 박아 넣었다. 자는 사이에 면실이 체액을 흡수하여 물집이 줄어드는 효과가 있었다.

그러나 그 방법도 한계가 있었다. 물집이 다 아물기도 전에 다시 걸으니 상처가 덧나 점점 더 커졌다. 며칠 후에는 아기 손바닥만 한 물집이 왼쪽 발바닥 윗부분을 덮어 버렸다.

그날도 아침 일찍 길을 나섰다. 왼쪽 발이 지면에 닿을 때마다 살가죽이 벗겨지는 듯한 통증이 온몸을 관통했다. 스틱을 지팡이 삼아 절뚝절뚝 걸을 수밖에 없었다. 걷는 속도가 느려져 오후 늦게까지도 얼마 가지 못했다.

마음은 조급했지만 고통을 견딜 수 없었다. 쉼터 벤치에 앉아 양말을 벗었다. 이미 물집은 다 터져 버리고 벌건 속살이 드러났다. 오랜 시간 왼발 뒤꿈치를 땅바닥에 질질 끌면서 걸었더니 정강이까지 부어올랐다. 빨리 숙소에 도착해서 치료하지 않으면 병원에 입원해야 할지도 모르겠다는 생각이 들었다.

순례길 안내서를 펼쳐 보았다. 다음 마을은 주민이 몇십 명밖에 살고 있지 않았다. 조그만 순례자 숙소가 하나 있을 뿐이었다. 순례자 숙소에서는 침대를 선착순으로 배정하기 때문에 침대가 남아 있을 때까지 도착해야 했다.

서둘렀다. 그러나 물집이 터진 발바닥으로 속도를 낼 수는 없었다. 많은 순례자들이 나를 앞질러 지나갔다. 저 멀리 숲 너머에 마을이 보이기 시작했다. 그때 뒤에서 따라오던 두 여인이 내 옆을 지나가다가 말을 걸었다.

순례길 첫날 프랑스령 피레네 산맥을 넘을 때 만난 미국인 모녀였다. 어머니는 70세, 딸은 42세라고 했다. 어머니는 적지 않은 나이인데도 사슴처럼 날렵하게 걸었다. 걷는 모습이 얼마나 가벼워 보이던지 나는 탄복했었다.

모녀는 느릿느릿 걷는 나를 측은한 눈으로 바라보았다.

"우리가 부축해 줄까요?"

딸이 물었다. 두 사람이 양쪽에서 부축해 주면 편할 것 같다는 생각이 들었다. 하지만 그들도 오랜 시간 걸어오느라 무척 지쳐 보였다.

"아니, 이제 마을에 거의 다 왔어요. 발바닥 물집이 터졌을 뿐 걷는 데는 지장 없어요."

모녀는 앞서가면서 자꾸 뒤를 돌아보았다.

한 시간쯤 지나 나는 가까스로 순례자 숙소에 도착했다. 탈진 상태에 이르러 입구에서 배낭을 멘 채 바닥에 주저앉았다. 그때까지 침대가 두 개 남아 있었다. 정말 운이 좋았다는 생각에 가슴을 쓸어내렸다.

다음날 아침, 나는 다시 길을 떠났다. 어젯밤 발바닥에 연고를 듬뿍 바르고 잠자리에 들었더니 상처가 많이 아물었다. 통증도 잦아들어 큰 불편은 없었다. 걸음을 빨리 하여 점심 무렵 한 마을에 도착했다.

아담한 노천 식당을 골라 자리를 잡았다. 주문을 하려고 종업원을 찾는데 누가 저쪽 테이블에서 팔을 힘차게 흔들었다. 어제 만난 딸이 나를 발견한 것이었다. 보면 볼수록 영화배우 캐서린 로스를 많이 닮았다. 하루 사이였지만 무척 반가워했다. 그들 자리에 합류해서 함께 점심을 먹었다. 그동안 겪은 체험담을 나누며 이야기꽃을 피웠다.

문득 딸이 내게 물었다.

"어젯밤 그 순례자 숙소에서 무사히 묵었어요?"

갑자기 의아심이 솟구쳤다. 그렇다면 두 모녀는 그 숙소에 묵지 않았다는 말이 아닌가. 그러고 보니 거기서 모녀를 본 기억이 없었다.

"왜 두 분은 그 숙소에 묵지 않았나요?"

딸이 멈칫하다가 말을 이어나갔다.

"우리가 도착했을 때 침대가 두 개밖에 남아 있지 않았어요. 우리가 차지하면 당신이 잘 데가 없을 것 같아 다시 다음 마을까지 갔어요."

다음 마을까지는 산길로 5km가 넘는 거리였다. 이미 땅거미가 드리운 늦은 시각이었다.

머리가 멍해지면서 눈물이 핑 돌았다. 애써 시선을 돌렸다. 그때 '사람이 꽃보다 아름다워'라는 노래가 생각났다.

# 라바날 마을의 작은 성당

스페인 산티아고 순례길을 걸으면 100여 개의 도시와 마을을 지나치게 된다. 지역마다 특색이 있지만 공통점도 있었다. 큰 도시나 작은 마을이나 할 것 없이 중심가에는 광장이 있고 그 광장을 내려다볼 수 있는 곳에는 어김없이 성당이 들어서 있다. 도시는 성당이 있는 광장을 중심으로 방사형으로 뻗어 나가며 시가지를 이루었다.

성당은 중세시대 문화재의 보고寶庫였다. 그림, 조각, 그리고 공예품들이 성당 내부에 오밀조밀 장식되어 있다. 본당 주변은 여러 개의 작은 별당들이 둘러싸고 있고, 그곳에 왕족, 귀족, 성직자들의 석관이 빼곡하게 놓여 있다. 짐작건대 그 시대의 세력가이거나 성당 건축에 많은 돈을 희사한 재력가들인 듯했다.

성당에서 가장 화려하게 장식된 곳은 제단 뒷벽이었다. 성경에 나오는 성인들의 행적이 거대한 황금빛 조각으로 정교하게 표현되어 있었다. 저녁이 되어 조명을 밝히면 그 조각들은 불빛을 반사하여 신비스러운 분위기를 자아냈다. 누구라도 그 장엄함에 압도되면 제단 앞에 저절로 무릎을 꿇을 것 같았다.

처음에는 그 어마어마한 문화유산에 입이 벌어져 구경하랴 사진 찍으랴 정신이 없었다. 하지만 많은 성당을 둘러보면서 의문이 서서히 고개를 들었다.

'지역마다 부富의 편차가 컸을 텐데 어떻게 이런 호화로운 성당을 한결같이 지을 수 있었을까?'

그때서야 그 시대를 살았던 서민들의 고통이 느껴지기 시작했다. 성당을 떠받치고 있는 돌 하나하나에 스며들어 있는 그들의 땀과 눈물이 보였다.

'왕권과 신권이 결탁하면 이루지 못할 일이 없었으리라.'

그 생각에 이르자 더 이상 성당을 구경하고 싶은 마음이 사라졌다.

그날도 오후 늦게 하루 일정을 마치고 '라바날'이라는 마을로 들어서는 중이었다. 순례자 숙소로 가는 길에 퇴락한 모습의 작은 성당이 눈에 들어왔다. 지친 몸에 그냥 지나치려 하는데 성당 앞 한글 안내판이 내 발을 붙들었다.

'베네딕트 수도회가 관리하는 성당'

가톨릭 신자는 아니었지만 베네딕트 수도회 이름은 많이 들어 보았다. 수행과 노동을 중시하는 수도사들의 단체였다. 호기심을 누를 수 없어 성당 안으로 들어섰다. 성당은 아직 조명을 밝히지 않아 짙은 어둠에 싸여 있었다. 어둠에 익숙해질 때까지 기다려 내부를 찬찬히 둘러보았다.

성당 안에는 아무도 없었다. 그리고 거의 아무것도 없었다. 기다란 나무의자 몇 개와 소박한 제단이 있을 뿐, 제단 뒷벽에 있어야 할 십자가조차 눈에 띄지 않았다. 성당 벽은 회灰조차 바르지 않았다. 돌의 거친 질감이 느껴지는 벽에는 성화 한 장 걸려 있지 않았다.

제단 뒷벽에 조그만 직사각형 창문이 뚫려 있었다. 그곳으로부터 늦은 오후의 햇살이 수줍게 들어와 제단 앞

좁은 바닥을 비추었다. 빛이 어둠을 헤치고 만든 한 평 남짓한 공간. 텅 비어 있는 성당과 어울려 오묘한 조화를 이루었다. 순간 빛이 아름다움을 넘어 성스럽다는 생각을 했다. 문득 '하느님은 빛이시다'라는 성경 구절이 떠올랐다. 제단 뒷벽에 십자가를 걸어 놓지 않은 이유를 알 수 있을 것 같았다.

'비움의 미학!'

성당을 철저히 비움으로써 더욱 성스럽게 만들었다. 베네딕트 수도회의 진심이 생생하게 전해져 왔다. 번개를 맞은 듯 머리끝에서 발바닥까지 전율감이 퍼져 나갔다. 이어 몸이 떨리는 감동이 나를 휘감았다.

나는 알 수 없는 힘에 의해 무거운 배낭을 벗어 놓고 제단 앞, 조그만 빛의 공간 속으로 들어가 무릎을 꿇었다. 산티아고 순례길에서 처음 하는 행동이었다. 누가 나를 포근하게 안아 주는 듯한 느낌이 들었다. 어느새 눈물이 두 뺨을 적시고 있었다.

해가 지고 빛이 사라져 깜깜해질 때까지 나는 그곳에 앉아 있었다.

# 들풀의 노래

산티아고 순례길에서 가장 힘든 구간은 메세타 평원을 지나가는 길이라 할 수 있다. 부르고스에서 레온까지 170km가 넘는 황량한 지역을 지평선만 바라보며 일주일 동안 걸어야 한다. 마을 수도 적고 마을 간 거리도 멀어 쉬어 갈 곳을 찾기도 힘들다. 많은 순례자들은 이 구간에서 걷는 것을 포기하고 버스로 통과하기도 한다.

나는 이 길을 걷고 있었다. 9월 하순으로 접어들었는데도 한낮의 태양은 여전히 뜨거웠다. 사방을 둘러보아도 시야에 들어오는 것은 오직 지평선뿐. 길이 있어 걷고 있었지만 과연 이 길이 저녁때쯤 나를 순례자 숙소가 있는 마을로 안내할 수 있을까 의심이 들었다.

앞쪽에서 강한 바람이 불어와 눈을 뜨기 힘들었다. 흙먼지가 흘러내리는 땀과 뒤범벅되어 얼굴에 달라붙었다. 손수건으로 닦아 내니 황토색 가루가 묻어 나왔다.

그때 바람을 타고 어디선가 아름다운 노랫소리가 들려왔다. 여인의 소프라노 목소리였다. 멀리서 순례자 한 사람이 허밍으로 노래를 부르는 것 같았다. 순례길을 가다가 노래를 부르며 걷는 사람을 종종 보았다. 혼자서 걷는 무료함을 노래로 달래려는 것이었으리라. 그중에는 성악가 못지않게 잘 부르는 사람도 있었다.

그 노래가 지쳐가는 내 마음에 활력을 불어넣었다. 노래 주인공이 궁금해 발걸음을 빨리했다. 그러나 한참을 뛰다시피 걸어도 노래를 부르는 사람을 찾을 수 없었다.

'분명히 앞쪽에서 노랫소리가 들렸는데….'

더 이상 소리가 들리지 않아 발길을 멈추면 잠시 끊겼던 노래가 다시 이어지곤 했다.

갑자기 무서운 생각이 들면서 등이 오싹해졌다. 내가 무엇에 홀려 환청을 듣고 있는 것이 아닐까? 오디세우스가 세이렌의 노래를 들었을 때 이런 기분이었을까? 혼자서 걷고 있는 길이라 확인할 길이 없었다. 나는 온 신경을 집중하면서 노랫소리를 따라갔다.

어느덧 야트막한 계곡에 들어섰다. 계곡 아래쪽은 초록의 바다였다. 갈대 같은 들풀이 계곡을 온통 뒤덮고 있었다. 언덕 위쪽에서 세찬 바람이 불어오자 들풀들은 반대 방향으로 일제히 허리를 굽혔다. 마치 군대의 열병식을 보고 있는 것 같았다.

그때 나는 그 아름다운 노래를 다시 들을 수 있었다. 그것은 사람의 노래가 아니었다. 바람이 크고 작은 들풀을 스쳐가면서 만들어 낸 자연의 노래였다. 수많은 들풀들은 함께 몸을 흔들며 어우러져 아름다운 화음을 합창하고 있었다.

산티아고 순례길을 다녀온 지 몇 년이 지났다. 그러나 그 들풀의 노래는 내 기억 창고 한구석에 소중히 간직되어 있다. 삶에 지쳐갈 때 나는 들풀의 노랫소리를 듣는다. 그리고 다시 힘을 얻곤 한다. 순례길에서 자연이 내게 준 귀한 선물이라 생각하고 있다.

# 배낭의 무게

산티아고 순례길을 떠날 때 '배낭 무게가 10kg을 넘으면 안 된다'는 말을 귀담아 듣지 않았다. 40일이 걸리는 여정이다 보니 준비해야 할 생활용품이 많았다. 대형 배낭에 필요할 만한 물건들을 골고루 넣었다.

가을철 일교차에 대비해 등산 재킷과 긴팔셔츠를 몇 벌 넣고 매일 갈아입을 내의와 양말도 여유 있게 챙겼다. 빨랫비누도 여러 장 넣고 바늘과 실도 준비했다. 숙소에서 필요한 침낭과 베개, 라면 몇 봉지와 고추장, 비옷과 우산, 비상 의약품까지 넣으니 배낭 무게가 15kg가량 되었다. 배낭을 짊어지고 몇 걸음 걸어 보았다. 꽤 묵직했지만 걸을 만했다.

순례길 첫날, 아침 일찍 일어나 프랑스 '생장피드포르'에서 피레네 산맥을 넘어 스페인 '론세스바예스'로 가는 구간을 걸었다. 산길로 28km이니 적어도 10시간은 걸어야 했다. 길은 산맥을 휘감고 정상까지 이어졌다. 끝없는 오르막길을 바라보면 한숨이 저절로 나왔다. 그래도 처음에는 풀을 뜯어먹고 있는 양떼도 구경하고 피레네의 이국적 풍광을 감상하느라 힘든 줄 몰랐다.

세 시간쯤 걸었을까? 어깻죽지가 빠지는 듯 아팠다. 배낭을 내려놓고 어깨를 살펴보았다. 배낭끈에 눌린 부위가 벌겋게 부어올랐다. 준비해 간 연고를 발랐지만 한 시간도 버티기 어려웠다. 또다시 배낭을 내려놓고 연고 바르기를 여러 차례. 산길과의 싸움이 아니라 배낭과의 싸움이었다. 저녁 늦게 기진맥진한 채 론세스바예스 순례자 숙소에 가까스로 도착했다.

당장 배낭 무게부터 줄여야 했다. 적어도 5kg의 짐을 덜어야 하는데 가져온 물건의 삼분의 일을 처분해야 했다. 배낭 속에 들어 있는 물건들을 모두 꺼내 침대 위에 늘어놓았다. 아무리 살펴봐도 꼭 필요한 것들이어서 줄일 만한 것이 눈에 띄지 않았다. 피부가 벗겨진 어깻죽지를 바라보며 마음을 다잡았다.

먼저 빨랫비누를 한 장만 남기고 두 장은 빼어 놓았다. 라면은 한국인 순례자들에게 나누어 주기로 했다. 양말도 여섯 켤레 중 세 켤레만 남겼다. 제법 무게가 나가는 베개를 어찌할까 한참 고민했다. 나는 메밀껍질을 넣은 낮은 베개를 선호했다. 베개 높이가 조금이라도 다르면 쉽게 잠이 들지 않았다. 하지만 편한 베개는 순례자에게 사치라는 생각이 들었다. 눈을 질끈 감고 버리기로 했다. 처분할 물건들이 침대 위에 수북이 쌓였다.

그러나 순례자들은 공짜로 주는 물건을 달가워하지 않았다. 남의 물건을 받으면 자기 배낭이 무거워지기 때문이었다. 겨우 새 양말 세 켤레만 줄 수 있었을 뿐 나머지는 모두 거절당했다. 할 수 없이 빨랫비누는 빨래터에 두고 남은 것들은 쓰레기통에 던져 버릴 수밖에 없었다.

그때 소유가 고통이 될 수 있다는 사실을 알았다. 순례길을 가면서 날마다 필요하지 않은 물건을 하나씩 덜어내기 시작했다. 내의는 매일 빨아서 말려 입기 때문에 세 벌이면 되고, 여벌로 가져온 운동화도 신을 기회가 별로 없었다. 비옷과 우산도 방수 재킷을 입고 걸으면 되기에 과감히 버렸다. 비상 의약품도 부상당한 미국인을 만났을 때 듬뿍 덜어 주었다. 1리터들이 물병에도 물을 반 정도만 채웠다. 며칠 지나고 나니 배낭이 가뿐해졌다.

사람이 살아가는 데 그리 많은 것이 필요하지 않았다. 침낭, 옷 몇 벌, 약간의 음식과 물이면 족했다. 필요한 물건은 그때그때 현지에서 조달하면 되었다. 첫날 순례길에서 산더미만 한 배낭을 짊어지고 가는 외국인을 보았을 때 '준비를 철저히 했구나' 하고 감탄했었지만 며칠 후에는 측은한 마음이 들었다. 꼭 나와 같았으니까.

산티아고 순례길 800km 여정을 마칠 때쯤 나는 아주 가벼운 배낭을 메고 있었다. 버리고 버려 꼭 필요한 물건 외에는 남아 있지 않았다. 배낭의 무게와 비례하여 내 마음도 가벼워지는 것을 느꼈다. 줄어든 물건만큼 내 욕심도 줄어들었기 때문이었으리라.

집에 돌아와 곳곳에 자리잡고 있는 내 물건들을 돌아보았다. 버리기 아까워 벽장에 넣어 두었던 것들이 꾸역꾸역 모습을 드러냈다. '이런 게 있었나?' 할 정도로 기억

조차 못하는 것들도 수두룩했다. 중고로 처분하거나 재활용 물품으로 내놓았다. 공무원 시절 내 손때가 묻은 각종 자료집과 책자도 모두 버렸다. 현재를 즐겁게 살기 위해서는 과거에서 완전히 벗어나는 것이 필요하다고 생각했다.

벽장이나 책장 속의 빈 공간을 바라보고 있노라면 내 마음을 깨끗이 청소한 것 같아 개운해진다. 소유물이 은연중에 나를 구속했다는 생각이 든다.

무소유를 실천한 스님이 세상을 떠나던 장면이 떠오른다. 시신은 관도 없이 흰 천에 싸여 들것에 실려 있었다. 남은 인생 여정, 마음속 배낭에 남아 있는 것들도 하나하나 비우며 걸어가야 하지 않을까.

# 사마귀의 도전

먼지가 풀썩대는 메세타 평원의 황톳길을 걷고 있었다. 멀리 길 한가운데에 연둣빛 곤충 한 마리가 눈에 띄었다. 곤충들은 대개 순례자의 발걸음 소리가 나면 풀숲으로 도망치곤 했다. 그러나 그것은 내가 가까이 다가가도 꼼짝하지 않았다. 처음에는 곤충의 사체인 줄 알았다. 그런데 가까이에서 보니 허리를 곧추세우고 있는 사마귀 한 마리였다.

사마귀는 가시가 삐죽삐죽 돋은 도끼 모양의 앞발 두 개를 쳐들고 나를 노려보고 있었다. 물방울을 떨어뜨려 놓은 것 같은 눈에 내 영상이 선명하게 비쳤다. 내 움직임에 따라 공격할 준비를 하고 있는 것 같았다. 언젠가 무협영화에서 본 적 있는 '당랑권법螳螂拳法'이 이런 자세를 취하고 있었던가.

'사마귀가 감히 내게 도전을 해 오다니….'

그 무모함이 괘씸하기도 했지만 용기가 가상하기도 했다. 나는 사마귀를 우회하여 가던 길을 재촉했다.

길을 걸으면서 그 사마귀에 대한 생각이 머릿속에서 떠나지 않았다. 사마귀가 왕의 수레를 막아섰다는 당랑거철螳螂拒轍의 고사를 읽은 적은 있지만 직접 사마귀의 도전을 받으리라고는 상상도 하지 못했다.

내가 사마귀를 피해 갔으니 사마귀는 자기가 이겼다고 의기양양해할지 모르겠다는 생각이 들었다. 웃음이 저절로 터져 나왔다. 내 측은지심이 자신의 생명을 살려 준 줄도 모르고 잘난 척할 모습을 상상하니 그보다 더 웃기는 일은 없었다. 인간 세상도 마찬가지였다. 상대의 배려를 자신의 능력인 줄 착각하고 있다가 나중에 뒤통수를 맞는 어리석은 인간들이 얼마나 많은가?

그런 생각에 젖다 보니 불현듯 옛일이 하나 떠올랐다. 공무원 시절 민간기업과 공동 프로젝트를 수행한 적이 있었다. 나의 카운터 파트는 대학 10년 선배인 그 기업의 임원이었다. 그는 나를 처음 만났을 때 무척 기뻐했다. 소통이 잘 되어 협조가 잘 이루어질 거라는 기대를 가지고 있는 것 같았다.

그러나 내 입장은 달랐다. 최소의 예산으로 그 프로젝트를 성공시켜야 할 책임이 있었다. 기업을 제대로 통제하지 못하면 그쪽 페이스에 말려들어 갈 수도 있다는 우려를 갖고 있었다. 사적인 인연은 철저히 배제하기로 마음먹었다.

나의 무기는 법령과 원칙이었다. 부드럽게 할 수 있는 일도 일부러 엄격하게 처리했다. 기업의 긴장감을 불러일으키기 위한 의도였다. 때때로 그 선배의 한숨소리를 들었지만 모르는 체했다.

어느 날 식사를 하는 자리에서 그가 뼈있는 농담을 던졌다.

"김 과장은 한국은행이 갓 발행한 신권 지폐 같아요. 언제 손이 베일까 걱정됩니다."

그는 때때로 불평도 했지만 나의 까다로운 요구사항을 인내심을 가지고 들어주었다.

그는 정계와 재계에 두터운 인맥을 갖고 있는 사람이었다. 권력 주변 인사들과도 막역한 관계를 유지하고 있었다. 그러나 단 한 번도 그들을 통해 압력을 가한 적이 없었다.

문득 나도 그 선배에게 사마귀 같은 존재가 아니었을까 하는 생각이 들었다. 내 무기였던 법령과 원칙은 가시가 돋아 있는 사마귀의 앞발과 같았을 것이다. 선배가 내 말에 고분고분 따라준 것은 후배의 패기를 꺾고 싶지 않은 배려가 아니었을까? 그는 나중에 정계에 진출해 여당 국회의원이 되었다.

그 생각에 이르자 얼굴이 뜨거워졌다. 나는 더 이상 사마귀를 비웃을 수 없었다. 순례자 숙소까지 남은 거리를 터덜터덜 걸어갔다.

# 메멘토 모리

공무원 교육원에서 심성교육 업무를 맡은 적이 있었다. 민간단체에서 시행하고 있는 '감수성 훈련'이 자아성찰에 효과가 있다는 소문을 듣고 직접 체험해 보기로 했다. 훈련은 포천 산정호수 부근, 경관이 빼어난 곳에서 3박4일 동안 진행되었다.

참가자는 20명 정도였다. 다양한 연령층의 남녀가 골고루 섞여 있고 학생, 농민, 회사원, 교수, 종교인 등 직업도 가지가지였다. 훈련 교관은 가장 이상적인 조합이라고 좋아했다.

훈련 첫날, 참가자들은 낯을 가렸다. 워낙 이질적인

사람들의 모임이라 공통 화제를 찾기도 어려웠다. 눈치를 살펴가며 교관이 이끄는 대로 따라갈 뿐이었다. 프로그램이 진행되었다. 별명 짓기, 1 대 1 데이트, 기뻤던 일과 슬펐던 일 이야기하기. 참가자들의 마음이 서서히 열리기 시작했다.

목사 부인이 살아온 이야기를 꺼냈다. 남편과 시골에 개척교회를 열어 자리를 잡기까지 온갖 고초를 다 겪은 내용이었다. 추운 겨울날 교회 터를 고르려고 손에 입김을 불어가며 괭이질 했던 일, 유교에 젖은 주민들의 멸시와 냉대를 받아가며 복음을 전한 일, 열 명도 안 되는 신도로 시작하여 수백 명 규모의 큰 교회로 키운 일. 그녀는 감정이 북받치자 눈물을 쏟았다. 분위기가 숙연해졌다.

그때 한 대학생이 침묵을 깼다.

“달동네에는 더 열악한 환경에서 몸부림치는 사람들이 많습니다.”

그러자 대기업에 다닌다는 회사원이 거들었다.

“목사님이 교회를 개척하려고 고생하는 것이나 기업인이 기업을 키우려고 고생하는 것이나 다 직업 행위 아닌가요?"

분위기가 어색해졌다. 그때 나이 지긋한 교수님이 끼어들었다.

"누구나 자신이 하는 일이 가장 중요하다는 생각 속에 젖어 살고 있지요. 서로 이해합시다."

나는 목사 부인의 생생한 체험담에 빠져들었다가 정신이 번쩍 들었다. 그녀는 하느님 사업을 위해 희생했다고 생각하고 있는데 몇몇 사람들은 단순한 직업 행위로 보고 있었다. 사람들은 대개 자기 관점에서 대상을 보고 그것이 옳다고 믿는 경우가 많다. 주관을 객관화하고 있는 것이다. 가치관이 다른 사람들 사이에 인식 차이는 컸다.

비로소 '감수성 훈련'의 의미가 이해되기 시작했다. 이 훈련에는 강의 시간이 전혀 없었다. 참가자들 사이의 의견 소통과 체험 프로그램으로만 구성되어 있었다. 함께 대화하고 체험하면서 서로 가르치고 배웠다.

'세 사람이 길을 가면 그중에 반드시 나의 스승이 있다.'

《논어》의 말씀이 실감나게 느껴졌다.

마지막 날 밤, 참가자 모두 큰 방에 모였다. 그럴듯한 제사상이 차려져 있었다. 산적, 부침개, 북어포를 비롯해 각종 과일들이 진설되어 있었다. 병풍 앞에는 지방함紙榜函이 놓였고 병풍 뒤에는 목관이 있었다. 감수성 훈련의 백미인 죽음을 체험하는 시간이었다. 각자 유서를 쓰고 제문을 지었다. 참가자들은 이미 프로그램에 깊이 몰입되어 실제 죽음을 맞고 있는 분위기였다.

유서를 쓰는 사람들 눈에 눈물이 맺혔다. 사방에서 훌쩍거리는 소리가 들렸다. 내 제문을 지으려 하다가 글이 막혔다. 생전의 나를 기리는 글을 작성해야 하는데 제문에 남길 만한 것이 거의 없기 때문이었다. 자신만을 위해 살아온 인생이 부끄러웠다.

참가자들은 자기 차례가 되면 제사상 앞으로 나아가 '○○○ 신위'라고 쓴 지방을 붙이고 유서를 읽은 다음 관 속으로 들어가 누워야 했다. 그러면 진행자가 뚜껑을 덮고 나무못을 박았다.

드디어 내 차례가 왔다. 내키지 않았으나 도망칠 수는 없었다. 유서를 읽을 때 갓 서른 된 아내와 두 살짜리 딸의 모습이 선명하게 떠올랐다. 그동안 바쁘다는 핑계로 육아에 도움을 준 적이 별로 없었다. 그들이 나 없이 험한 세상을 헤쳐 나가야 한다고 생각하니 눈물이 앞을 가려 글자가 잘 보이지 않았다. 그나마 있는 재산은 모두 아내에게 남긴다고 하고 가까스로 마무리했다. 그리고 병풍 뒤 관 속에 들어가 누웠다. 교관이 뚜껑을 덮고 못질을 했다.

"퉁, 딱, 퉁, 딱."

그 소리는 이승과 저승을 가르는 처연한 울림이 되어 내 가슴을 아리게 했다.

곧 칠흑같은 어둠이 찾아왔다. 눈을 감았다. 살아온 과정이 머릿속에 영상처럼 펼쳐졌다. 즐거웠던 추억도 있었지만 회한의 순간들이 더 많았다. 무엇보다도 주변 사람들에게 사랑을 표현하는 데 너무 인색했다.

내 짝이 나를 추모하는 제문을 읽었다. 작고 떨리는 목소리였다. 그러나 관 속에서는 공명 현상 때문에 아주 또렷하게 들렸다. 제문을 들으며, 죽은 자는 오직 살아있는 사람들의 기억에 남을 뿐이라는 것을 알았다. 사람들에게 작은 친절이라도 두루 심어 놓고 떠나는 것이 현명하겠다는 생각을 했다.

그 죽음 연습은 충격적 경험이었다. 그래서 그런지 뇌세포 깊숙이 각인된 것 같았다. 그 후 인생의 고비에 부딪힐 때면 스스로 묻게 되었다.

'내일 죽는다면 어떻게 하는 것이 옳을까?'

판단의 결과가 항상 바람직한 것은 아니었지만 후회하지는 않았다.

고대 로마에서는 개선장군이 반드시 지켜야 할 규칙이 있었다. 백마가 끄는 마차를 타고 시가지를 행진하면서 인생의 절정을 맛보는 순간, 뒤따라오는 노예로부터 '메멘토 모리'라는 소리를 끊임없이 들어야 했다. '죽음을 기억하라'는 뜻이다. 잘 나갈 때 교만에 빠지지 말라는 경고였으리라.

인생 후반기에 접어든 요즘, 가끔 그때의 죽음 연습이 떠오르곤 한다. 관 속에 누워 있을 때 마음먹었던 것을 얼마나 실행에 옮겼는지는 자신이 없다. 하지만 '메멘토 모리'라는 화두는 끝까지 놓치지 않으려 한다.

# 방바닥을 닦으며

지금 살고 있는 아파트에 이사 온 지 삼십 년이 다 되어 간다. 삼십여 평 공간에 세월의 연륜처럼 살림이 늘다 보니 비좁기 짝이 없다. 궁리 끝에 오랫동안 방 한가운데를 차지하고 있던 침대를 들어냈다. 따끈한 온돌방에 두툼한 요를 깔고 자는 것이 소원이었는데 잘 되었다 싶었다. 잠자리를 펴는 일은 내 차지가 되었다. 아내는 허리와 무릎이 좋지 않아 쪼그리고 앉는 일을 힘들어 했다.

이부자리를 까는 일은 생각보다 번거로웠다. 먼저 청소기를 작동시켜 방 전체의 먼지를 흡입하고 구석구석 손걸레로 닦았다. 물기가 마르기를 기다려 이불장에서 제법 묵직한 요를 꺼내 방바닥에 펼쳤다. 그리고 그 위에 이불을 폈다. 족히 삼십 분은 걸렸다. 졸음이 밀려올 때면 고역이었다. 그냥 이부자리를 펴고 눕고 싶지만 아내에게 눈치가 보여 꼬박꼬박 청소를 할 수밖에 없었다.

매일 청소를 반복하다 보니 요령이 생겼다. 청소기 사용을 생략하고 걸레질 한번으로 통합한 것이다. 극세사로 만든 걸레를 사용하니 먼지와 머리카락이 잘 달라붙었다. 방바닥도 쉽게 닦을 수 있고 물에 헹구면 오물이 금방 분리되었다.

걸레로 방을 닦고 있으면 신기하다는 생각이 든다. 걸레가 먼지를 사라지게 하는 마술을 부리는 것 같다. 하지만 걸레의 색은 점점 어두워진다. 방바닥을 깨끗이 해주는 대신 자신은 더러워져 가고 있는 것이다. 살신성인殺身成仁이라고나 할까.

문득 몇 년 전 인도 다람살라에서 있었던 일이 생각났다. '달라이 라마' 존자가 이끄는 법회에 참석하던 중 틈을 내어 그곳에서 이십 년 넘게 수행하고 있는 한국인 스님의 거처를 방문한 적이 있었다.

"제가 보살펴 드리는 십여 명의 티베트 노스님들이

있는데 내일 점심 한 끼 대접할 수 있겠습니까?"

떠날 때쯤 스님이 간곡히 부탁했다. 마침 우리 일행은 다음날 티베트 불교지도자인 '까르마빠' 존자를 방문하기로 되어 있었다. 다들 난색을 표하자 스님 얼굴이 어두워졌다. 순간 불교지도자 한 분을 만나는 것도 좋지만 아무도 관심을 갖지 않는 평범한 수행자들을 대접하는 것이 더욱 가치 있는 일일 수도 있겠다는 생각이 들었다.

"제가 모시겠습니다."

내가 나서자 일행 중 세 사람이 뜻을 같이했다.

다음날 우리는 약속 장소인 티베트 호텔 식당에서 노스님들을 기다렸다. 오후불식午後不食을 철저히 지키는 티베트 스님들이라 정오가 되자마자 정확히 도착했다. 오후 1시가 넘으면 다음날 아침까지 식사를 전혀 하지 않는다고 했다. 모두 열두 분이었다. 80세 이상이었고 90세가 넘은 스님들도 몇 분 있었다.

스님들을 보는 순간 나는 깜짝 놀랐다. 평범한 노인들을 상상하고 있었는데 내 예상에서 훨씬 벗어났다. 얼굴에 새겨진 세월의 흔적은 어쩔 수 없었지만 내면에 흐르는 활력이 그대로 전해졌다. 어린이들과 함께 있을 때 느끼는 생동감 같은 것이라고나 할 수 있을까. 주홍빛 승복으로 감싼 허리는 꼿꼿했고 표정은 부드러웠다. 질문을 하면 진지하면서도 유머가 섞인 답변을 해 주어 대화하는 동안 내내 웃음꽃이 피었다. '어떻게 나이를 들어갈까?' 고민하고 있던 내게 해답을 제시해 주는 것 같았다.

중국이 티베트를 점령한 후 십여 년 간 감옥에 갇혔다가 가까스로 탈출한 한 스님이 말했다.

"감옥에 있을 때 가장 힘들었던 일은 나를 때리고 고문하던 중국인 간수에게 자비심을 품는 수행이었어요."

그들은 평생 그렇게 마음을 닦았다.

점심을 마치고 자리를 떠나는 스님들이 식당 문 앞에 일렬로 섰다. 식사를 대접한 우리에게 감사 인사를 하려는 것 같았다. 합장을 하고 나서는 우리 넷의 이마를 자신들의 이마와 맞대고 일일이 비벼 주는 것이었다. 순간 맑은 기운이 머릿속에 들어오는 기분이 들었다. 욕심과 어리석음에 물들어 있는 우리를 정화시켜 주는 의식이었을까? 걸레가 방바닥을 닦아 주듯이.

'걸레 같은 인간'이라는 말이 있다. 외관이 더럽거나 언행이 난잡한 사람을 의미한다. 걸레의 겉모습만 보고 만든 말이었을 것이다. 걸레의 진면목을 알았다면 그렇게 표현할 수 있었을까?

방바닥을 닦고 있으면 걸레의 미덕이 가슴을 파고든다. 걸레를 닮고 싶다.

# 혼자 두는 바둑

근심 걱정으로 머릿속이 복잡해질 때 나는 바둑판 앞에 앉는다. 갈색 벨벳 덮개를 벗기면 하얀 비자나무 바둑판이 여인의 속살처럼 모습을 드러낸다. 손바닥으로 몇 번 바둑판을 쓰다듬는다. 온기를 머금은 듯한 나무의 매끄러운 감촉이 손가락 끝에 짜릿하게 전해 온다.

가만히 바둑판을 들여다본다. 먹줄을 탱탱하게 튕겨 나무판 위에 그린 19줄의 검은 선이 종횡을 누비고 있다. 검은 선은 바둑판 위를 휘달려 361개의 점을 만들어 놓았다. 그중 중심점, 4개의 귀, 4개의 변에는 큰 점을 찍어 놓았다. 성점星點이라고 부른다.

바둑은 고대 중국 요순堯舜 임금이 어리석은 아들을 깨우치게 하려고 만들었다고 한다. 사방 두 뼘의 나무판 위에 우주의 원리를 그려 놓았다. 중심점을 천원天元, 하늘의 시작점이라고 한다. 우주의 시원始原을 설명한 빅뱅 이론의 특이점에 비견할 수 있다. 그 주변을 8개의 큰 별이 휘감고 있다. 고대 중국에서는 이미 우주의 생성 원리를 알고 있었던 것일까? 신기한 것은 361개의 점들이다. 일 년 날짜 수와 거의 일치한다. 조그만 점이 폭발하면서 공간을 창조하고 빛을 토하여 시간을 출발시켰다.

바둑의 규칙 또한 묘하다. 두 사람이 흑돌과 백돌을 점 위에 번갈아 놓아 가면서 넓은 공간을 차지한 자가 이기는 것으로 되어 있다. 장기는 역할이 제각기 다른 7가지 말들로 구성되어 있는데, 바둑은 오직 한 가지 역할을 하는 돌만으로 경쟁한다. 모든 돌의 가치는 평등하다. 이러한 규칙 아래 흑돌과 백돌이 어우러지면서 전투를 벌이고 수비도 하면서 자신의 공간을 넓혀 나간다. 어둠의 세력과 빛의 세력이 서로 우위에 서려고 갈등을 벌이는 형국이다.

흑돌을 하나 들어 귀에 있는 성점에 '탁' 소리가 나게 내려놓는다. 적막했던 바둑판이 부르르 떤다. 아니 우주가 진동하고 있다. 나의 미약한 손동작 하나로 우주를 움직일 수 있다니, 그야말로 일미성지동시방一微聲之動十方이다. 다시 백돌을 들어 반대편 귀의 성점에 내려놓는다. 차례로 흑돌과 백돌을 번갈아 가며 점 위에 놓는다.

나는 지금 혼자서 바둑을 두고 있다. 바둑을 잘 모르는 사람은 어찌 그것이 가능하냐고 의아해하겠지만 그런 바둑도 충분히 둘 수 있다. 흑돌을 둘 때 나는 어둠의 세력을 넓힐 수 있는 최선의 점을 찾아 헤맨다. 백돌을 둘 때는 빛의 세력 편에 서서 최선의 수를 찾는다.

전투를 벌일 때 나는 어느 편에도 서지 않는다. 흑돌을 들고 있을 때는 어둠의 세력 선봉장이 되어 빛의 세력 중원을 헤집고 다닌다. 백돌을 들고 있을 때도 마찬가지다. 평소 하나인 것 같았던 내 자아가 두 편으로 나뉘어 승리를 쟁취하기 위해 안간힘을 쓴다. 어느 편이 진정한 자아인 것일까? 과연 자아라는 것이 있기나 할까? 뇌세포가 만들어 내는 환상일지도 모른다. 나는 지금 무아지경에 빠져 있다.

바둑은 무상無常하다. 한 수 한 수에 따라 변화가 생기고 판이 요동친다. 흑돌의 세력이 넓어 보여 유리한 것 같더니 한 수를 착각하는 바람에 몰리는 신세가 되었다. 대마가 두 집을 못 내어 이리저리 쫓기고 있다. 몇 수 전에 약점을 지키기만 했어도 유리한 형세를 지켜 나갈 수 있었을 텐데….

욕심이 착각을 불러일으킨 것을 알게 되었지만 후회해도 때가 늦었다. 살아가는 과정이 고통스럽다. 이미 확보했던 세력이 다 깨어지고 겨우 두 집을 내고 목숨을 부지하였다. 어느 프로 기사가 고통스러운 나머지 머리카락을 쥐어뜯던 장면이 떠오른다. 삶은 무상하므로 고통스러운 것이다. 좋은 시절은 오래 머물지 않는다.

바둑에 기대기 전법이 있다. 내 돌이 궁지에 몰렸을 때 상대편의 강한 돌에 약한 내 돌을 갖다 붙이는 것이다. 상대편의 마음이 흔들린다. 감히 내 강한 돌에 도전을 해 오다니. 쓴맛을 보여 주려고 잡으려고 달려든다. 그러다가 내 세력이 다 부서지고 상대편 돌이 살아가서 다시 역전을 허용하게 된다. 자비심을 발휘하여 두 집만 내고 살도록 했으면 승세를 굳힐 수 있는 좋은 기회였는데, 역시 욕심으로 대세를 그르쳤다.

바둑은 서로 착각을 반복하다가 마지막 착각을 범하는 자가 지는 게임이다. 욕심을 덜 부리는 자가 승리하도록 설계되어 있는데 바둑돌을 들면 까맣게 잊어버린다. 요순 임금의 뜻대로 어리석은 사람을 깨닫게 하는 데는 제격이다.

어느새 바둑이 종반을 향해 치닫고 있다. 불리하던 흑돌이 형세를 만회하여 팽팽한 균형을 이루고 있다. 이제는 끝내기 승부다. 어느 끝내기가 더 클 것인가를 결정하는 것도 쉬운 일이 아니다. 머리가 깨어질 듯 아프다. 드디어 마지막 한집짜리까지 끝내기를 마치고 계가計家를 해 보니 흑이 반면으로 5집을 남겼다. 바둑 규칙에 따라 흑이 6집 반을 공제하고 나니 백이 한 집 반을 승리했다. 박빙의 승부였다. 오늘은 빛의 세력의 승리다. 차지한 공간은 흑이 더 많았지만 먼저 돌을 놓은 흑은 핸디캡을 감수해야 한다.

혼자서 바둑을 두기 시작한 지 한 시간 남짓 지났다. 바둑에 몰입되어 있으면 시간이 어떻게 흐르는지 망각한다. 오죽하면 '신선놀음에 도낏자루 썩는 줄 모른다'는 속담이 생겼을까. 바둑을 통해 시간의 속도는 주관적

개념에 불과하다는 것을 진작 알았다.

이제는 바둑판 위에 빼곡히 놓인 흑돌과 백돌을 정리할 차례다. 치열한 전투의 흔적이 돌 하나하나에 배어 있다. 이 돌은 선봉장으로 적을 포획하는 데 공로를 세운 돌, 저 돌은 적을 현혹하기 위해 희생타로 사용한 돌. 의도적으로 버린 돌이 나를 원망스럽게 바라보고 있는 것 같다.

바둑돌을 모두 통 안에 넣고 나니 우주가 텅 빈 모습으로 나를 마주한다.

'그래, 결국은 공空으로 돌아가는 거야.'

치열한 전투도, 영악한 타협도, 정밀한 계산도 한 차례 꿈이었던 것 같다. 나를 괴롭혔던 걱정거리가 어느덧 사라졌다. 허공에 떠 있는 구름처럼 내 마음 공간에 잠시 머물다가 없어졌다. 과연 당초에 걱정이 있기나 했던 것일까?

혼자 두는 바둑은 명상과 같다.

서평

# 관조와 발견의 세계

## – 김태겸 첫 수필집 〈낭만가객〉에 대하여

신 길 우

수필가 · 시인 · 문학박사 · 계간 〈문학의 강〉 발행인

문학 중에서 수필은 기록성이 가장 강하다. 수필가의 갖가지 삶과 정신, 심지어 버릇과 기질, 교양과 품성까지도 담긴다. 수필집 한 권을 읽으면 그 수필가의 여러 면을 많이 알게 된다. 시집이나 소설집 등 다른 장르의 작품집을 읽은 것과는 사뭇 다르다.

그런데 수필은 기록문이 아니다. 수필은 사실을 기록하는 글이 아니다. 그런데도 그렇게 알고 그렇게 쓰는 사람이 많다. 기행문과 기행수필, 일기문과 일기체 수필은 서로 다른 것임을 모르는 이도 많다. 관찰문이나 보고문, 경험담과 기사문 등은 수필이라 할 수가 없다.

수필은 새로움의 발견이요, 깨달음이다. 발견과 깨달음은 누구나 할 수 없고, 그 내용도 다르다. 그래서 쓰고 읽고 감동한다. 기록은 누구나 하고 그 내용도 비슷하다. 이야기나 설명식 수필이란 것들이 그래서 서로 비슷하고 감동도 되지 않는 것이다.

새로움의 발견과 깨달음을 하려면 관조와 달관이 필요하다. 관찰로 사물을 잘 이해하고, 관조로 새로운 것을 발견하여, 그것이 달관의 경지의 것인가를 살핀 다음, 그것을 글로 쓴다. 그런 것이 수필이다. 그래서 수필가는 사물을 언제 어디서나 관찰, 관조하며 끊임없이 사색하고 판단하고, 또 상상과 고민을 해야 한다.

김태겸 수필가는 학생 시절, 문학 활동하는 친구들이 상 받는 것을 보고 부러웠다고 한다. 그래서 공직 생활을 마치고 은퇴 후 후반기 인생을 설계할 때 수필을 배울 결심을 했다고 한다. 젊어서 품었던 꿈을 퇴임 나이로 이룬 셈이다.

그는 수필에 대한 이해가 빠르고 작품을 보는 안목이 높다. 의미 있는 것을 찾아 쓰고 좋은 주제를 골라 집중시키는 능력도 뛰어나다. 문학에 대한 열정도 뒤지지 않아 등단 후에는 몇몇 잡지의 편집자로 활동하고 있다.

그의 수필에는 자신의 삶을 다룬 것들이 많다. 결심하면 기어이 실행하고, 시작하면 생각하며 열중하는 꿋꿋한 성격은 그의 작품 〈순환버스〉에 잘 나타나 있다.

> 아버지는 자신의 좌절된 꿈을 나를 통해 이루고 싶어 했다. 눈물로 막아서는 어머니의 손을 뿌리치고 대문을 나섰다. 마땅히 갈 데가 없었다. 오늘은 발길이 머무는 곳에서 외박을 할 작정이었다. 주머니 속에는 그동안 모아 놓은 돈이 들어 있었다.
>
> (중략)
>
> 가만히 눈을 떴다. 눈은 진눈깨비로 바뀌어 있었다. 가로등 하나 없는 캄캄한 정류장에 한 여인이 서 있었다. 우산을 쓰고 누군가를 기다리는 듯했다. 그때 다른 차량의 헤드라이트 불빛이 그 여인의 얼굴을 비추었다. 순간 나는 숨이 턱 막히는 것 같았다.
>
> "아, 엄마!"

아버지의 지나친 간섭에 반발하여, 부푼 소신과 굳은

결심으로 용돈까지 챙겨 가지고 가출을 하였으나, 외로움과 고통 속에 힘들어하다가 그래도 떠날 결심으로 버스를 탔는데 도로 출발점. 그리고 거기에 서 있는 어머니.

짧은 글 속에 독자적 삶을 추구하려는 청소년이 막상 해 보면 생각대로 되지 않고, 또 어렵고 힘든 것임을 알게 되는 내용이 함축되어 있다. 마지막에 어머니를 등장시켜 삶은 사랑으로 사는 것임을 생각하게 한다. 청소년들에게 읽히게 하고 싶은 글이다.

〈헝겊 필통〉에서는 가난했던 시절, 어머니가 헝겊으로 손수 만들어 주신 필통을 하찮게 여기고 처박아 둔 것이 가장 소중하고 고마운 존재가 됨을 재발견한 것이다. 정성보다도 그 새맛 나는 용도를 더 생각하게 한다.

〈라바날 마을의 작은 성당〉에서는 햇빛을 당연한 듯 소홀히 대하고 있는 우리에게, 빛에 대한 강한 인식 상황을 제시하면서 빛의 존재가치를 강하게 부각시키고 있다. 거기에 빛의 신비로움을 느끼게 하면서 그 조건과 상황을 생각하게 한다. 별빛이 밝게 빛나려면 달이 밝아서는 안 되는 것과 같이, 허술하고 아무 장식도 없는 벽 틈으로 들어온 빛이 더 빛나 보인다. 삶의 화려나 감동도 꼭 잘 꾸며야 되는 것은 아님을 생각하게 한다.

〈떠나는 자의 뒷모습〉은 구조조정으로 내보내야 할 처지에서 악역을 맡아 괴로워하다가 '가야 할 때가 언제인가를 분명히 알고 가는 이의 뒷모습은 얼마나 아름다운가'로 시작하는 시로 먼저 감성을 자극한다. 그래서 자진해서 사표를 내게 하는 처리. 몇 년 뒤 자신의 차례가 되었을 때 그도 아름다운 뒷모습으로 떠난다. 그리고 남은 삶의 기간도 그런 뒷모습을 바란다고 연결한다.

자신만은 아니기를 바라는 일반적 심정과는 달리 삶의 이치에 순응하는 자세를 담고 있다. 나아가 죽음을 맞는 태도까지 연결한다. 잔잔한 감동과 함께 고개를 끄덕이게 한다. 보낼 때와 떠날 때의 고민과 괴로운 심정, 삶에 대한 생각 등도 전개에 따라 적절히 담았다. 다루기 어려운 내용을 차분하게 표현해 내는 능력이 돋보인다.

〈카르페 디엠〉은 스페인 산티아고 순례길에서 만난 80세에 가까운 혼자 몸이 된 외국인 암환자와의 짧은 만남과 대화를 다룬 것이다. 800km의 외롭고 고된 순례길을 걷다가 죽어 묻힌 길가의 십자가와 비석들을 보며, 그 노인의 '살아 있음을 즐기기 위해 왔다'는 말을 견주며 사색한다. 특히 그 병든 노인이 던진 한마디 말 '카르페 디엠'의 뜻을 깨닫고 새긴다.

그러자 걷고 있는 사실이 경이롭고, 풍경들이 아름답게 보이고, 달라붙는 하루살이 떼도 귀찮지 않게 된 자신을 발견한다. 삶은 어떻게 살며 행복은 무엇인가를 깨닫게 한다. 순례 경험을 적지 않고 소재로 사용하여 새로운 의미나 가치를 발견하고 그것을 주제로 작품을 써내는 안목과 판단력이 탁월하다. 이 작품은 삶의 자세와 의미를 생각하게 하는 점에서 읽기를 권하거니와,기행문과 기행수필을 구분하지 못하는 이들에게도 좋은 본보기가 될 것으로 생각한다.

김태겸 수필가는 이제 중진이다. 문학에 대한 열정이 많고 활동도 활발하다. 그동안 써놓고 발표했던 작품들을 묶어 첫 수필집을 내게 되어 그 의미가 크다. 국내외에서 여러 경험을 하며 느끼고 깨달은 것이 많아 독자들에게 도움이 될 것이다. 앞으로 잠재되어 있는 능력을 한껏 발휘하여 좋은 수필을 많이 쓸 것으로 기대한다.

낭만
가街객